I. DIGAS   Erziehe mich mit Strenge

Ebenfalls von I. DIGAS lieferbar:

Es tanzt der Gelbe Onkel. Stöckchenreime und Lehrge-
dichte für Spankingfreunde
ISBN 978-3-7347 7254-2

Strenge Frauen und ihre Männer. Spankinggeschichten
über dominante Frauen
ISBN 978-3-7519-2154-1

I. DIGAS

Erziehe mich mit Strenge

Spankinggeschichten

über dominante Männer und ihre Frauen

© 2020 I. DIGAS

Umschlagdesign, Herstellung und Verlag:

BoD – Books on Demand, Norderstedt

Printed in Germany

ISBN 978-3-7519 5906-3

Inhaltsverzeichnis

Vorwort

Nachdem kürzlich eine Sammlung mit meinen Kurzgeschichten über dominante Frauen und devote Männer erschienen ist, folgt nun ein Band mit umgekehrter Konstellation: Hier haben nun die Herren das Sagen, während sich die Frauen freiwillig der jeweiligen Strafe unterwerfen. Die Texte sind dabei teilweise neu, teilweise auch schon in Fan-Magazinen veröffentlicht worden. Die bereits bekannten Geschichten wurden neu überarbeitet.

Manche Geschichten beinhalten als Kern wahre Erlebnisse aus Spielbeziehungen, um die herum frei erfundene Handlungen konstruiert wurden. Bei der einen oder anderen Geschichte handelt es sich um reine Fiktion.

Alle realen und fiktiven Personen in den nachfolgenden Geschichten sind selbstverständlich erwachsene Menschen, d.h. über 18 Jahre alt. Es werden lediglich Rollenspiele unter ausschließlich Erwachsenen beschrieben, an dem alle freiwillig teilnehmen. Der erweckte Anschein von Zwang ist Bestandteil des jeweiligen Rollenspiels.

Die in den Texten verwendeten Namen sind alle fiktiv und jede Ähnlichkeit mit einer lebenden oder verstorbenen Person ist rein zufällig.

Ihr/Euer
I. DIGAS

Das Outing

Sabine und Martina waren schon seit Jahren die besten Freundinnen. Das äußerte sich neben ihren zahlreichen Endlos-Telefonaten und Einkaufsorgien in ihrem wöchentlichen Treffen: Jeden Montag trafen sie sich im Stadtcafé zu Cappuccino und Kuchen.

In der letzten Woche hatte Sabine das Treffen jedoch erstmals und dann auch noch völlig unerwartet ,wegen Unwohlseins' abgesagt. Umso überschwänglicher begrüßten sich die beiden Freundinnen am darauf folgenden Montag: Um Punkt 15 Uhr trafen sie sich vor dem Café und begrüßten sich mit den obligatorischen Wangenküssen.

Kaum war das Ritual vorüber, fragte Martina: „Was war denn letzte Woche mit dir los?"

„Lass uns erstmal reingehen", entgegnete Sabine.

Die beiden Freundinnen betraten das Café und nahmen an ihrem Lieblingstisch Platz. Aus den Augenwinkeln bemerkte Martina, dass sich Sabine sehr langsam und vorsichtig auf den Stuhl niederließ.

„Alles in Ordnung, Süße?", fragte sie besorgt.

„Ja, alles okay", antwortete Sabine mit einem Lächeln, das jedoch ein wenig gekünstelt wirkte.

Martina musterte ihre Freundin mit einem nachdenklichen Blick. Dann meinte sie: „Schön, dass es heute wieder mit unserem Montagskaffee geklappt hat. Aber was war denn letzte Woche mit dir los? Erst sagst du unser beinahe schon traditionelles Treffen ab, danach bekommt man dich den Rest der Woche nicht mehr zu Gesicht. Also sag schon: Was war los?"

„Na ja", druckste Sabine herum, „Ich hatte dir doch gesagt, dass es mir nicht so gut gehen würde."

„Was ich dir keine Minute geglaubt habe! Also: Was war wirklich los?"

„Ja, also…ich…ich hatte Hausarrest. So, jetzt ist es heraus", sagte Sabine, und mit einem erleichterten Gesichtsausdruck lehnte sie sich auf ihrem Stuhl zurück.

Martina starrte sie fassungslos an: „Du hast… HAUSARREST gehabt?", fragte sie dann ungläubig mit erhobener Stimme.

Sofort schnellte Sabine auf dem Stuhl nach vorne: „Pst, nicht so laut!"

„Tschuldigung! Aber das klingt so… so ungeheuerlich! Du hast wirklich Hausarrest gehabt? Eine Frau von 25 Jahren lässt sich so etwas von ihrem Mann gefallen? Warum? Und wofür? Was willst du jetzt machen? Und…"

„Moment, Moment", unterbrach Sabine den Redefluss ihrer Freundin. „Das Ganze ist nicht so leicht zu erklären. Und für mich nicht gerade schmeichelhaft, um das gleich vorweg zu sagen. Aber ich erkläre es dir. Also: Angefangen hat es vor ungefähr vier Wochen. Wegen der großen Hitze hatte ich keine Lust, mich um die Hausarbeit zu kümmern. Aber da das nun mal wegen meiner bislang vergeblichen Bemühungen bei der Arbeitsplatzsuche mein Part ist, während Manfred arbeitet und das Geld verdient, habe ich mich schließlich doch gezwungen, zwei der drei Maschinen mit Wäsche zu waschen.

Nachdem ich die zweite Maschine angestellt hatte, habe ich mich vor den Fernseher gesetzt und irgendeine dämliche Seifenoper geguckt. Als dann Manfred von der Arbeit kam, hat er nicht nur den dritten Berg Schmutzwäsche gesehen, sondern auch bemerkt, dass die fertige Wäsche der vorhergehenden Maschine noch in der Trommel war." Mit einer entschuldigenden Geste fügte Sabine hinzu: „Ich hatte schlicht vergessen, sie auszuräumen. Das Fernsehprogramm war zwar alles andere als toll, aber es hat mich trotzdem ein paar Stunden von der Hausarbeit abgehalten. Sogar das Abendessen hatte ich vergessen zu kochen!"

„Ach ja", warf Martina ein, „Du kochst ja immer abends, weil ihr dann zusammen essen könnt. Ist ja auch billiger, als wenn du nur für dich kochen würdest und sich Manfred in der Stadt versorgen müsste."

„Genau", nickte Sabine, „Aber diesmal hatte ich nichts vorbereitet. Deshalb und wegen der nicht vollständig erledigten Wäsche war Manfred ziemlich angesäuert."

„Kann ich irgendwie verstehen. Und deshalb hat er dich zu Hausarrest verdonnert?"

„Nein, nicht nur", gab Sabine zögerlich zu, „Es geht ja noch weiter:" Sie schluckte schwer, ganz offensichtlich fiel es ihr nicht leicht, von ihren hausfraulichen Mängeln zu sprechen. Als sie jedoch den gespannten Ausdruck in Martinas Gesicht sah, gab sie sich einen Ruck und fuhr mit ihrem Bericht fort: „An den folgenden Tagen habe ich ganz gegen meine sonstigen Gewohnheiten auch immer nur halbe Sachen gemacht:

Nur einen Teil der Wäsche gebügelt, nur Teile der Wohnung geputzt, die Essensportionen entweder zu klein berechnet oder zu schwach gewürzt, mal waren die Kartoffeln nicht gar, einen Teil unserer Termine verschlafen – kurz: Ich stand irgendwie weit neben mir. Was die Sache aber besonders schlimm gemacht hat: Ich habe keine Folge der täglichen Seifenopern verpasst."

„Dann hast du dich also richtig gehen lassen und der Faulheit gefrönt", stellte Martina ungerührt fest.

„Genau", stimmte Sabine zu. „Dummerweise hatte ich Manfred gegenüber meinen Fernsehkonsum erwähnt. Vorletzten Samstag hat es ihm dann gereicht: Erst hat er mir eine Wahnsinnsszene gemacht und mich ordentlich ausgeschimpft. Anfangs habe ich wohl etwas schnippisch reagiert, weshalb er mir ein paar saftige Ohrfeigen verpasst hat. Na ja, ich konnte ihn nach meinen ganzen Versäumnissen der vorhergehenden Tage nur zu gut verstehen und hatte sowohl die Standpauke als auch die Ohrfeigen verdient. Aber dann kam das für mich Schlimmste!" Sabine schluckte wieder einen dicken Kloß, der plötzlich in ihrer Kehle saß, hinunter. Nach einer kurzen Pause fuhr sie fort: „Das Schlimmste war, dass er mich wegen meiner Schlampigkeit richtig streng bestrafen wollte."

„Das war der Hausarrest?", fragte Martina.

„Nicht nur", murmelte Sabine, „Er wollte mir obendrein noch kräftig den Hintern versohlen."

„WAAS?", rief Martina entrüstet. Nach einem kurzen Blick in die Runde fuhr sie mit leiser Stimme, aber giftigem Tonfall, fort: „Der Typ spinnt wohl! Dabei hätte ich ihm so etwas nie zugetraut!"

„Ich auch nicht. Wir kennen uns ja schon seit frühester Kindheit, und von daher weiß er, dass es bei uns zu Hause für jede Kleinigkeit ordentlich Dresche gab. Er meinte, dass mir diese Erziehungsmaßnahmen heute wohl fehlen würden. Das ist natürlich Blödsinn, denn immerhin sind Manfred und ich schon seit fünf Jahren verheiratet und seit meiner Volljährigkeit habe ich auch von meinen Eltern keine Schläge mehr bekommen. Wie dem auch sei, Manfred ordnete wegen meiner ganzen Schlampereien eine Woche Hausarrest für mich an und bestimmte zudem, dass ich sechs Tage lang morgens und abends jeweils 25 Schläge mit dem Kochlöffel auf den Po bekommen sollte.

„Donnerwetter", entfuhr es Martina, „Das sind ja..." Sie rechnete kurz im Kopf und fuhr dann fort: „Das sind ja 300 Schläge!"

Sabine nickte: „Ja, den Ablauf hat er auch gleich festgelegt: Morgens und abends sollte ich mich nackt mit dem Kochlöffel in der Hand bei ihm melden und um meine gerechte Bestrafung bitten. Zuerst dachte ich, nicht richtig zu hören! Aber sein Blick zeigte mir, dass es sein vollkommener Ernst war. Weil ich aber andererseits seine Beweggründe verstehen konnte, fügte ich mich, und das war der Beginn meiner Bestrafung. Ich holte also den Kochlöffel, zog mich vollständig aus und legte mich über seine Knie. Mit einer Hand drückte er meinen Oberkörper nach unten, und meine Beine hat er mit einem von seinen Beinen festgeklemmt, sodass ich mich nicht mehr bewegen konnte. Dann hat er angefangen, mich zu verdreschen, und er hat verdammt kräftig zugeschlagen! Schon beim ersten Schlag ist mir Hören und Sehen vergangen, so hat das gezogen! Aber weil er mich unnachgiebig festgeklammert hat, konnte ich mich nicht bewegen. Anderenfalls hätte ich wahrscheinlich wie wild mit dem Po gewackelt, vielleicht wäre ich sogar aufgesprungen. Aber wegen seiner Griffe war das unmöglich, und so musste ich in meiner Position liegen bleiben und auf den nächsten Schlag warten. Der kam auch gleich darauf! Was das Gemeine daran war: Bevor Manfred den Schlag ausführte, meinte er, dass ich in letzter Zeit nur halbe Sachen gemacht hätte und er deshalb nun das Gleiche machen würde. Das hieß, dass ich morgens alle 25 Schläge auf die rechte Pobacke und abends auf die linke Backe bekommen würde. Dadurch, so meinte er, würde ich vielleicht am nachhaltigsten lernen, in Zukunft keine halben Sachen mehr zu machen."

„Alle Schläge auf eine Pobacke?", fragte Martina mit einem verklärten Gesichtsausdruck, „Du meine Güte, das muss ja furchtbar weh tun!"

„Oh ja", bestätigte Sabine, „Und wie das weh tut! Manfred hat mir an jenem Morgen alle Schläge im normalen Tempo aufgezählt, ohne dazwischen große Pausen zu machen. Du ahnst ja nicht, was ich durchgemacht habe! Das waren Schmerzen, das glaubst du nicht! Ich habe geschrieen, geheult und immer wieder beteuert, wie leid mir alles täte, aber Manfred war nicht zu bremsen. Er hat seine Erziehungsmaßnahme mit ganzer Strenge durchgezogen, während mein Hintern schon nach fünf oder sechs Hieben in hellen Flammen stand. Du ahnst nicht, wie die Schläge brennen, vor allem, wenn sie sich wegen der kleinen Fläche überschneiden! Manfred war das egal: Zwar hat er die Schläge nebeneinander platziert, aber er meinte hinterher, dass schon nach wenigen Treffern meine Pobacke von den Spuren des Kochlöffels bedeckt und knallrot gewesen sei, weshalb es keine freie Fläche mehr gegeben habe. Also setzte er die Schläge weiterhin nebeneinander, aber weil die gesamte Fläche ja schon gezüchtigt war, lagen die Treffer jetzt in mehreren Schichten übereinander. Es war furchtbar!" Sabine schauderte bei dem Gedanken an die erhaltene Züchtigung.

„Und dann?"

„Als er mit mir fertig war, hat er alle meine Jacken, Schuhe und sonstigen Anziehsachen, die er finden konnte, im Schlafzimmer eingeschlossen. Den Schlüssel hat er an sich genommen, und ich musste den ganzen Tag nackt zubringen. ‚Damit mein Hintern gut auskühlen könne', wie Manfred grinsend sagte."

„Unglaublich!"

„Das dachte ich anfangs auch, aber nachdem die Schmerzen etwas nachgelassen hatten und mein Po ‚nur noch' glühend heiß war, habe ich darüber nachgedacht und bin zu dem Ergebnis gekommen, dass er ja Recht hatte. Ich habe vorher wirklich eine ganze Menge Mist gemacht. Wahrscheinlich wäre es halb so schlimm gewesen, wenn ich ihm nicht von den Seifenopern vorgeschwärmt hätte. Trägheit wegen eines Tiefs oder einer Krankheit ist zu verzeihen, aber nicht Faulheit! Und ich war einfach nur faul!"

„Du gibst dir die Schuld?", fragte Martina fassungslos.

„Ich hatte Schuld", bestätigte Sabine, „Also war es nur in Ordnung, dass ich die Konsequenzen getragen habe. Dann erinnerte ich mich an die gerade erst bezogene Tracht Prügel und kam ins Schwanken, aber irgendwann sagte ich zu mir: ‚Sabine, du hast es provoziert, also trage die Folgen!' In dem Moment habe ich beschlossen, Manfreds Anweisungen zu folgen."

„Du hast ihn am Abend nackt und mit dem Kochlöffel in der Hand aufgesucht?" Martinas Stimme schwankte zwischen Entsetzen und Bewunderung für ihre Freundin.

„Ja, das habe ich", bestätigte Sabine. „Nackt war ich ja ohnehin, weil meine ganze Kleidung im Schlafzimmer eingeschlossen war, aber als ich mit dem Kochlöffel in der Hand vor ihn getreten bin und um Fortsetzung meiner gerechten Bestrafung gebeten habe, war seine Forderung erfüllt. Manfred hat das mit einem wohlwollenden Nicken zur Kenntnis genommen."

Sabine hielt inne und trank einen Schluck von ihrem inzwischen kalt gewordenen Cappuccino. Als sie nicht den Anschein erweckte, mit ihrer Geschichte fortzufahren, wurde Martina ungeduldig: „Wie ging es denn nun weiter?"

„Na ja, ich war nackt und Manfred zog sich bis auf seine Unterhose aus. Dann musste ich mich wieder über seine Knie legen, aber weil nun ja die andere Pobacke dran sein sollte, war die Stellung im Vergleich zur Morgenwucht seitenverkehrt. Als Rechtshänder hatte er mir am Morgen die rechte Pobacke verdroschen, aber nun war die linke Backe dran und es war für ihn einfacher, für die Schläge den linken Arm zu nehmen. Da er darin etwas weniger Kraft als im rechten Arm hat, hatte ich auf mildere Schläge gehofft, mich aber enorm getäuscht! Die Tortur vom Vormittag wiederholte sich und schon nach kurzer Zeit brannte meine linke Pobacke genauso wie die Rechte am Vormittag. Ich habe mich wieder fast heiser geschrien und erneut wie ein Schoßhund geheult, aber es half alles nichts: Manfred zählte mir die Schläge auf, einem nach den anderen. Und ich konnte nur Jammern und Heulen!"

Sabines Blick nahm bei der Erinnerung an ihre Züchtigung verklärte Züge an. Das blieb ihrer Freundin nicht verborgen, weshalb sie sofort nachhakte: „Das klingt verdammt hart! Aber warum guckst du jetzt so... so verträumt?"

„Ach, weißt du", begann Sabine, „Die Tracht Prügel war wirklich hart und verdammt schlimm, aber die Situation war irgendwie unwirklich: Ich lag nackt mit verdroschenem Hintern über Manfreds Beinen, der selber nur eine Unterhose trug. Wie ich bei all den Schmerzen und dem fürchterlichen Brennen auf dem Po bemerken konnte, dass er einen Wahnsinnsständer in der Hose hatte, weiß ich nicht, Aber er hatte eine Riesenlatte! Und ich selber war auch klatschnass in meiner Spalte. Als er mich nach beendeter Züchtigung freigab, bin ich auf die Knie gegangen, habe seine Latte von der Unterhose befreit und zu blasen begonnen. Einfach so! Er hat mich kurz angeschaut und dann weg geschoben, aber nur, um mich auf alle viere zu drücken. Dann hat er mich auf dem Fußboden im Doggy Style genommen, was wegen meines frisch versohlten Hinterns etwas schmerzhaft war. Aber auch toll! Vielleicht gerade wegen der Kombination aus Schmerzen und Verlangen! Es war der mit Abstand geilste Sex, den wir je gehabt haben!! Und das haben wir an den nächsten fünf Tagen beibehalten: nach jeder Züchtigung gab es Sex – nur die Stellungen haben gewechselt", grinste Sabine und strahlte über das ganze Gesicht.

Martina betrachtete ihre Freundin mit einer Mischung aus Entsetzen wegen der vielen Schläge, Ungläubigkeit über Sabines Gleichmut gegenüber ihren Erlebnissen und Freude, vielleicht sogar Neid, wegen des offensichtlich guten Sex. Schließlich fragte sie: „Und nun? Wie geht es jetzt weiter, nachdem du deine Strafe nun ja verbüßt hast?"

„Mein ganzer Po ist grün und blau", lachte Sabine, „Der muss jetzt erst wieder seine normale Farbe bekommen. Das Sitzen bereitet mir auch noch ein paar Probleme, aber nach den vielen Schlägen ist das ja auch kein Wunder."

„Was man deutlich sehen kann", meinte Martina, „du rutscht auf deinem Stuhl verdammt unruhig hin und her."

„Ist auch ziemlich ungemütlich, aber da muss ich durch. Immerhin gibt es jetzt keine Schläge mehr." Versonnen fügte sie hinzu: „Jedenfalls nicht für die Nachlässigkeiten der letzten Wochen."

„Du meinst, er wird dich wieder schlagen?"

„Das hoffe ich", antwortete Sabine, „Es tut weh, klar, aber es hat uns beide auch so unwahrscheinlich geil gemacht, dass ich es nicht beschreiben kann. Jetzt weiß ich auch, warum als Kind meine Gefühle nach einem ordentlichen Povoll Achterbahn gefahren sind und mein Höschen anschließend immer klatschnass gewesen ist."

„Du…du liebst Schläge? Das ist ja pervers!"

Sabine runzelte die Stirn, bevor sie beinahe trotzig antwortete: „Ja, ich liebe Schläge. Und wenn Manfred keinen Grund sieht, um mich zu versohlen, werde ich ihm schon einen liefern, verlass dich drauf! Und zu meinem Geburtstag im nächsten Monat werde ich mir von ihm einen Rohrstock wünschen. Nenn du es ruhig pervers, ich nenne es einfach nur geil! Ich habe schon im Internet gesurft – du glaubst gar nicht, wie viele Leute auf Schläge und sogar auf Unterwerfungsspiele stehen! Es gibt enorm viele Websites zu dem Thema, allerdings kommt man an die meisten Inhalte nur ran, wenn man sich vorher hat registrieren lassen. Das habe ich mich bislang nicht getraut. Aber bevor du fragst: Ja, alleine schon das Surfen durch die frei zugänglichen Seiten hat mich wahnsinnig geil gemacht! In den nächsten Tagen will ich mit Manfred über das Thema ‚Sadomaso-Sex' reden. Ich bin mir ziemlich sicher, dass er sofort Feuer und Flamme sein wird."

Sabine warf Martina einen Blick mit einer Mischung aus Trotz und Scham zu. In den Augen ihrer Freundin sah sie pure Fassungslosigkeit. Dann stellte Sabine die Frage, die schon seit dem Beginn ihres Geständnisses an ihr genagt hatte: „Wir sind doch trotzdem Freundinnen, oder?"

Martina zögerte, dann aber sagte sie: „Natürlich! Aber dieses Outing muss ich erst verdauen." Dann rief sie in Richtung des Kellners: „Ober, bitte einen Cognac! Einen Doppelten!"

Verführung im Herbst

Während Dieter den Rasen mähte, ging sein Blick immer wieder zum wolkenverhängten Himmel: ‚Hoffentlich hält sich das Wetter', dachte er, ‚Man merkt, dass es Anfang Oktober ist und der Herbst kommt.'

Langsam trottete er hinter seinem Rasenmäher her und näherte sich dem Zaun, der sein Grundstück von dem der Nachbarin trennte. Bettina, so hieß die alleinstehende junge Frau von Ende Zwanzig, hatte das Grundstück vor vier Jahren gekauft. Mit Gartenarbeit hatte sie ganz offensichtlich nicht viel im Sinn, was man dem Garten deutlich ansah: Der ursprünglich vorhandene Rasen war nie gemäht worden und hatte sich daher zwischenzeitlich in ein Meer von Unkraut verwandelt. Was für Bettinas Nachbarn ein ständiges Ärgernis war, nannte sie in den vielen Streitgesprächen schlicht ‚eine Naturwiese'. Angesichts ihres Desinteresses selbst an minimaler Gartenarbeit war es nicht weiter verwunderlich, dass die in Zaunnähe wachsende Vielfalt von Büschen und Sträuchern munter wucherte und inzwischen sowohl eine stattliche Breite als auch Höhe erreicht hatte. Die Zweige machten dabei nicht vor den Grundstücksgrenzen halt, und der Maschendrahtzaun stellte für sie schon gar kein Hindernis dar. Wie nicht anders zu erwarten war, ragten die Zweige schon bald nach Bettinas Einzug in die Nachbargärten hinüber.

Dieters Rasenmäher hatte inzwischen den Zaun zum Nachbargrundstück erreicht. Die auf dieser Seite neben mehreren

Büschen unbekannten Namens besonders zahlreich vorkommenden Haselnusssträucher hatten sich stattlich entwickelt und wucherten durch den Zaun weit über Dieters Rasen, sodass das Mähen kein Vergnügen war. Beim Versuch, den Rasen unter den pflanzlichen Invasoren zu mähen, dauerte es nicht lange, bis die ersten Zweige Dieter unangenehm stachen, während andere über seine nackten Arme strichen und die Haut zerkratzten.

„Scheiße!", fluchte Dieter, „Immer diese verfluchten Sträucher! Dabei habe ich der dummen Kuh schon tausendmal gesagt, dass sie die Mistdinger endlich beschneiden soll."

Noch während er wüst fluchte, ertönte von jenseits des Zaunes eine weibliche Stimme herüber: „Reden Sie mit mir, Herr Nachbar? Ich habe Sie leider nicht verstanden, könnten Sie bitte etwas lauter sprechen?"

„Ich habe gesagt, dass Ihr verfluchtes Buschwerk nervt!", schrie er aufgebracht zurück, weil sich nun auch Zweige im Rasenmäher verfangen hatten. Laut schimpfend stellte er den Mäher aus und versuchte, das Problem zu beheben.

„Was ist denn mit meinen Büschen?", kam es unschlüssig zurück. „So, wie die aussehen, scheint doch alles in Ordnung zu sein."

Der unschuldig-naive Ton in Bettinas Stimme ging Dieter gewaltig auf die Nerven! Als sich das Gespräch hinzog und seine Nachbarin offensichtlich kein Problem sah oder sehen wollte, riss ihm schließlich der Geduldsfaden! Wütend rannte er auf das Nachbargrundstück und dort durch die immer unverschlossene Verbindungstür in den Garten, um Bettina von Angesicht zu Angesicht gehörig die Meinung zu sagen.

In Bettinas Garten angekommen, sah er sie noch immer bei den Büschen und Sträuchern zu seinem Grundstück stehen. Sie schien noch nicht bemerkt zu haben, dass er nicht mehr dort war, sondern schon hinter ihr stand. Während sie noch minutenlang durch das dichte Buschwerk sprach und immer wieder auf Antwort wartete, stand Dieter mit offenem Mund hinter ihr. Seine Verblüffung rührte daher, dass Bettina nichts weiter als einen Bikini mit Höschen in Tangaform trug. Weil der Tanga sehr knapp geschnitten war, zeichnete sich die prachtvolle Rundung ihres wohlgeformten Gesäßes deutlich darunter ab. Außerdem waren ihre langen, schlanken Beine seinen Blicken völlig preisgegeben. Dieter konnte nicht umhin, seinen Blick zwischen ihren Beinen und dem Hinterteil hin und her wandern zu lassen.

Schließlich gab Bettina den Versuch einer Konversation durch die Büsche hindurch auf und drehte sich um. Erst jetzt bemerkte sie Dieter und schrie vor Überraschung auf: „Ah!...Wer...Ach, Sie sind das!" Die Erleichterung in ihrer Stimme war deutlich zu hören. „Sie haben mich jetzt aber ganz schön erschreckt! Warum haben Sie sich denn so angeschlichen?"

„Ich habe mich nicht angeschlichen", brachte Dieter mühsam beherrscht hervor. Zwar war nun ihr knackiger Hintern seinem Blick entzogen, aber die Vorderseite der Beine stand deren Rückseite in nichts nach. Viel schlimmer für seine Selbstbeherrschung war jedoch der Anblick ihrer Brüste, die von einem ebenfalls sehr eng sitzenden und zudem viel zu knappen Stück Stoff bedeckt waren. Es schien so, als würden sie jeden Moment aus dem Dekolletee springen.

Dieter zwang sich, den Blick von den prallen Brüsten abzuwenden und Bettina ins Gesicht zu schauen. Dann räusperte er sich und sagte: „Seit drei Jahren versuche ich Ihnen klarzumachen, dass Ihre verdammten Büsche über den Zaun in meinen Garten wuchern und Sie die Scheißdinger endlich beschneiden müssen!"

„Das will ich ja auch", entgegnete Bettina, „Aber es kommt halt immer etwas dazwischen. Aber ich mache es noch, versprochen!" Dabei wurden ihre Worte von einem Augenaufschlag begleitet, der jedes steinerne Herz zum Schmelzen bringen könnte.

„Das haben Sie mir im Frühjahr auch schon versprochen", entgegnete Dieter wütend. Die plötzliche Enge in seiner Hose bewies jedoch, dass er die erotische Wirkung ihres Augenaufschlages nicht wirklich ignorieren konnte. Dann hatte er eine Idee: „Ich gebe Ihnen zwei Tage, um das Gestrüpp an meiner Gartenseite zu entfernen. Wenn Sie das nicht auf die Reihe kriegen, werde ich die Dinger beschneiden und aus dem Schnittgut ein paar hübsche Schösslinge heraussuchen!"

„Oh…äh…ja", stammelte Bettina, offensichtlich war sie von dieser Ankündigung wirklich überrascht und suchte nun nach einer guten Erwiderung. Nach einer kurzen Pause meinte sie dann mit gedehnter Stimme: „Es…es wäre wirklich sehr nett von Ihnen, wenn Sie die Büsche beschneiden würden. Aber – warum wollen Sie denn ein paar Zweige aufheben?"

„Um Ihnen damit den Arsch zu versohlen", entgegnete Dieter ruhig.

Jetzt wirkte Bettina etwas unsicher, aber schnell hatte sie sich wieder gefasst: „Den…Arsch versohlen?", fragte sie. Dann drehte sie ihren Unterleib so, dass ihr Gesäß in Dieters Richtung schaute. „Meinen Sie etwa diesen süßen Po?", fragte sie kokett und lasziv zugleich. „Den wollen sie versohlen? Das ist nicht ihr Ernst, nicht wahr?" Dabei strich sie aufreizend mit ihren Fingern über ihre rechte Pobacke und wackelte dabei ganz leicht mit dem Gesäß.

Dieter musste bei diesem Anblick mehrmals heftig schlucken, bevor er mit krächzender Stimme hervorbrachte: „Doch, mein voller Ernst! Übermorgen haben Sie das Scheißbuschwerk beschnitten, sonst setzt es was."

„Aber, aber, Herr Nachbar", entgegnete sie schelmisch, „Mein Busch ist doch schon beschnitten! Wollen Sie sich davon überzeugen?" Dabei ließ sie ihre Finger in den Bund des Tangas gleiten und machte Anstalten, ihr Höschen herabzulassen. Das war zuviel für Dieter.

„Zwei Tage!", wiederholte er, dann machte er auf dem Absatz kehrt und beeilte sich, nach Hause zu kommen. Sein überstürzter Abgang wurde von Bettinas glockenhellem Lachen begleitet.

Natürlich tat sich in den nächsten Tagen nichts. Es war klar, dass Bettina nicht im Traum daran dachte, sich der mühseligen Gartenarbeit zu widmen. Dieter hingegen wurde bewusst, dass er nach seinem peinlichen Auftritt mit Drohung und dem noch schlimmeren Rückzug, der mehr einer Flucht geähnelt hatte, handeln musste. Im Nachhinein ärgerte er sich auch darüber, dass er nicht stehen geblieben war und abgewartet hatte, ob die Frau tatsächlich ihr Höschen heruntergelassen hätte. An der Aussage, dass ihre intimste Stelle rasiert sei, zweifelte er nicht im Geringsten, denn der knappe Tanga hätte keine noch so geringe Anzahl von Härchen verbergen können.

‚Vielleicht', dachte er immer wieder, ‚hätte ich das Luder gleich an Ort und Stelle versohlen sollen!' Aber dafür war es nun zu spät. Nicht zu spät war es jedoch für die angedrohte Wucht mit einem Haselnusszweig!

Dieter handelte: Am nächsten Tag nahm er sich frei, was wegen der Flaute aufgrund der Wirtschaftskrise problemlos möglich war. Nachdem er sich davon überzeugt hatte, dass Bettina wie immer zur Arbeit gefahren war, nutzte er seine Freizeit und beschnitt ihre Büsche und Sträucher auf seiner Gartenseite. Wie schon erwähnt, standen hier aus unerklärlichen Gründen viele Haselnusssträucher. Deren Zweige beschnitt er mit einer besonderen Sorgfalt, sodass er schließlich einen hübschen Stapel von geraden Schösslingen beisammen hatte, von denen jeder eine ungefähre Länge von 60 Zentimetern hatte. Diese legte er in eine mit Wasser gefüllte Wanne.

Inzwischen war es 16 Uhr geworden. Gegen 17 Uhr sah er, wie Bettina von der Arbeit heim kam. Dieter wartete noch drei Stunden, dann überzeugte er sich davon, dass in Bettinas

Haus Licht brannte und kein fremdes Auto in der Nähe stand. Anschließend steckte er rasch mehrere Haselnusszweige in eine Stofftasche und ging hinüber. Vor Bettinas Haustür atmete er noch einmal tief durch, bevor er auf den Klingelknopf drückte.

Es dauerte etwas, bis Bettina die Tür einen Spaltbreit öffnete. Bei seinem Anblick wechselte ihr Gesichtsausdruck von Staunen in eine leichte Ungehaltenheit.

„Ach, Sie sind das", meinte sie etwas unwirsch. „Ich habe die verdammten Büsche noch nicht beschnitten, aber…"

„Ich weiß", unterbrach sie Dieter, „Deshalb habe ICH wie angekündigt IHRE Büsche beschnitten! Und jetzt bin ich hier, um den zweiten Teil meiner Ankündigung umzusetzen."

„Was… meinen Sie?", fragte sie gedehnt.

„Ts ts ts, sie sind wohl nicht nur faul, sondern auch noch vergesslich, was!?", schimpfte er laut, um seine eigene Unsicherheit zu überspielen. „Ich habe ihnen versprochen, aus dem Schnittgut ein paar hübsche Zweige herauszusuchen und Ihnen damit gehörig den Arsch zu versohlen – schon vergessen?"

„Äh…Nein", flüsterte Bettina, „Das habe ich nicht vergessen. Und nun wollen Sie…" Sie sprach nicht weiter, aber eine zarte Röte überzog ihr Gesicht.

„Ja, genau! Genau das will ich. Lassen Sie mich rein oder sind Sie auch noch feige?"

Wie in Trance öffnete Bettina die Tür, sodass Dieter eintreten konnte. Dabei bemerkte er, dass sie bereits ein Nachthemd trug.

Dieter deutete auf das Kleidungsstück: „Wollten Sie etwa schon ins Bett gehen?"

„Nein", murmelte sie, „das ist nur bequemer. Wenn ich keinen Besuch erwarte, trage ich gerne etwas Lockeres. Ein schöner Gegensatz zu den strengen hochgeschlossenen Klamotten, die ich im Büro tragen muss."

„Ich verstehe." Sein Blick wanderte über das knielange Nachthemd, gegen dessen zartgelben Stoff ihre Brustwarzen deutlich erkennbar stießen, auch wenn die spitzenverzierte Leiste mit den Knöpfen den Blick abzulenken versuchte. Ganz offensichtlich trug sie keinen BH darunter. Dafür zeichnete sich die Kontur eines Slips ab, aber diesmal war es kein Tanga, sondern ein ,normaler' Slip.

Nachdem die beiden das Wohnzimmer betreten hatten, begann Bettina hektisch aufzuräumen. Scheinbar hatte sie es sich mit einer Decke und einem Glas Wein auf dem Sofa gemütlich gemacht und ferngesehen.

„Warum sitzt eine attraktive Frau wie Sie um diese Zeit im Nachthemd vor dem Fernseher, anstatt mit Freunden auszugehen?", fragte Dieter erstaunt.

„Das…äh…verstehen Sie nicht", erwiderte Bettina.

„Kann sein. Immerhin ermöglicht es mir, meine Ankündigung wahr zu machen!" Bei diesen Worten zog er die Haselnusszweige aus der Tasche. Bettina starrte auf die Schösslinge und wurde erst blass, dann rot.

„Die…", sie schluckte, das Sprechen fiel ihr schwer, weil ein Kloß in ihrer Kehle steckte, „Die sehen…bösartig aus."

„Sie sollen ja auch ordentlich weh tun, damit Sie aus Ihrem Fehlverhalten etwas lernen." Er lächelte ihr aufmunternd zu: „Also, sind Sie mit der Strafe einverstanden und bereit, sie zu erhalten?"

„Jetzt gleich?", hauchte sie mit feuerrotem Kopf.

„Jetzt gleich", nickte er bestätigend.

Es war Bettina anzusehen, dass sie innerlich mit sich kämpfte. Je länger dieser Kampf dauerte, desto unbehaglicher wurde Dieter. Was, wenn sie ihn rauswerfen oder, noch schlimmer, die Polizei rufen würde? Und was wäre, wenn sie sich erst schlagen lassen und dann die Polizei rufen würde? Plötzlich fühlte sich Dieter sehr unwohl in seiner Haut und wäre am liebsten davongerannt.

Bettinas Stimme riss ihn aus seinen Gedanken: „Was…soll…ich tun?", fragte sie mit bisher ungekannter Schüchternheit. Das war nicht mehr die selbstsichere Frau, die sich der Nachbarschaft im knappen Bikini zeigte und deren Verhalten zutiefst provozierend wirkte. Vor Dieter stand jetzt eine junge Frau mit rotem Kopf, die sich zudem gerade mit einer körperlichen Züchtigung einverstanden erklärt hatte

Dieter reagierte instinktiv: „Zieh das Nachthemd bis zu den Hüften hoch und bück dich über den Sessel!", kommandierte er. Dann fiel ihm ein, dass er Bettina erstmals geduzt hatte.

Diese reagierte jedoch nicht auf die plötzliche Vertrautheit bei der Anrede, sondern raffte tatsächlich ihr Nachthemd hoch, bis der weiße Doppelripp-Slip vollständig zu sehen war. Dann nahm sie die angegebene Position über der Sessellehne ein.

Voller Entzücken über die prächtigen Globen unter dem dünnen weißen Stoff betrachtete Dieter das präsentierte Hinterteil.

Als Bettina anfing, ungeduldig auf der Sessellehne herumzurutschen, besann er sich auf den Grund seines Besuches.

„Zuerst werde ich deinen Hintern vorwärmen", kündigte er an.

Bevor sie etwas erwidern konnte, knallte seine Hand bereits wuchtig auf ihr Hinterteil.

„Oh!", mehr gab sie nicht von sich.

Dieter hatte mit Entrüstung oder wildem Gestrampel gerechnet, aber Bettina nahm seinen harten Schlag ohne Murren oder Rumgehampel hin, lediglich die Wucht des Schlages schien sie überrascht zu haben.

Von diesem Verhalten ermutigt, ließ er seine Hand wieder und wieder auf ihr Gesäß klatschen. Nach einiger Zeit zeigten die Schläge Wirkung, denn Bettina begann leise zu stöhnen und schließlich bewegte sich auch ihr Hinterteil unruhig hin und her.

Diese Reaktion hielt Dieter aber nicht davon ab, weiter kräftig zuzuschlagen. Zwischendurch hielt er aber immer mal wieder inne und streichelte sanft den ausgeklatschten Po. Dabei spürte er die immer stärker werdende Hitze des Gesäßes, die ihn rasch zu einer Fortsetzung der Handklatscher animierte.

Schließlich hielt Dieter inne und betrachtete den noch vom weißen Slip bedeckten Po. Als er gerade weitermachen wollte, bemerkte er plötzlich eine dunkle Verfärbung des blütenweißen Stoffes zwischen Bettinas Beinen. Sanft strich er über den Fleck und fühlte die Feuchtigkeit an seinem Finger. Weil sich der Fleck genau auf Bettinas Geschlecht abzeichnete, entlockte sein prüfendes Streicheln der versohlten Frau ein leises Stöhnen.

Dieter kam ein Verdacht: „He, Faultier, wirst du von den Schlägen etwa geil?"

„N-nein", kam es gepresst zurück, „Wie kommen Sie denn darauf?"

„Dein Höschen ist ganz nass – genau da, wo sich deine Möse befindet!"

„Das...das...äh, das ist Urin", gab sie wenig glaubhaft zurück.

„Die...die Schläge haben so wehgetan, da...äh...habe ich versehentlich eingenässt. Bitte entschuldigen Sie!"

„Oh nein, Fräulein, das ist kein Urin, sondern echter Mösensaft." Rasch ließ Dieter seinen Mittelfinger unter den Slip und zu ihrer Muschi gleiten, rieb ihn kurz daran und zog ihn wieder hervor. Dann ging er um den Sessel herum und hielt seinen Finger Bettina genau vor die Nase: „Da, überzeug dich selber, dass das Mösensaft ist!"

Als Bettina ihren hochroten Kopf wegdrehen wollte, hielt ihn Dieter fest und zwang sie, an seinem Finger zu riechen. „Na, habe ich Recht?"

31

„Nein, bitte, ich habe eingenässt", jammerte sie kläglich. „Es ist Pipi, kein Geilsaft!"

„So, so", meinte er skeptisch. „Na, wie dem auch sei: Jetzt geht es weiter!" Dabei griff er zum ersten Haselnusszweig.

„So, verehrte Nachbarin, jetzt wird es ernst!" Mit diesen Worten griff er in den Taillengummi ihres Höschens und zog den Slip mit dem immer größer werdenden Feuchtigkeitsfleck mit einem Ruck bis zu ihren Knien herunter. Bettinas nun entblößte Muschi glitzerte nur so vor Nässe im Licht der Zimmerdecke. Hätte ihr Dieter nicht das Höschen heruntergezogen, wäre es wohl in den nächsten Minuten so klatschnass gewesen, dass man es hätte auswringen können.

Nach einem längeren Blick auf die nackte, nasse Intimzone seiner Nachbarin stellte er sich seitwärts von ihr auf und nach einem weiteren Blick auf die bereits von seiner Hand gerötete Erziehungsfläche sauste der Zweig nieder und hinterließ eine fein gezeichnete Strieme.

„A-au!", schrie Bettina, zu mehr reichte die Zeit nicht, denn schon sauste der Haselnusszweig erneut herab.

„Uh!", kommentierte sie.

Dann ging es Schlag auf Schlag: Wieder und wieder sauste das Strafinstrument nieder und traf das nackte Gesäß. Mit zunehmender Zahl von Hieben wurde das Striemenmuster immer umfangreicher, an manchen Stellen überschnitten sich sogar die Hiebe. Bettinas Reaktionen wurden immer heftiger! Sie warf den Unterleib immer schneller von einer Seite auf die andere, während ihr Stöhnen an Lautstärke zunahm. Davon angestachelt schlug Dieter immer weiter kräftig zu. Als von dem ersten Zweig kleine Stücke abbrachen und zu Boden fielen, griff er zum nächsten Haselnusszweig. Die Schläge führte er beinahe mechanisch aus, denn er hatte nur Augen für ihr prachtvolles Gesäß, während sich Bettina ganz dem Schmerz hingab und alles andere um sich herum vergaß. Sie bemerkte nicht einmal, wie der Liebessaft aus ihrer Grotte strömte, zum großen Teil auf den Teppich tropfte, während der Rest langsam ihre Beine hinab rann.

Aber so, wie jeder schöne Moment irgendwann einmal endet, war schließlich auch diese Züchtigung vorüber. Erschöpft trat Dieter zurück und betrachtete zufrieden das Striemenbild auf Bettinas Gesäß. Diese hatte noch nicht bemerkt, dass er sie nicht mehr schlug, und wackelte weiter mit ihrem Hinterteil, um die Schmerzen durch die Bewegung etwas zu lindern. Dieter hingegen bemerkte trotz des wilden Veitstanzes ihres Gesäßes die Feuchtigkeit auf dem Teppich, an Bettinas Beinen und an ihrer Muschi.

Sanft streichelte er das hart gezüchtigte Hinterteil, dann ließ er seine Finger über Bettinas Spalte gleiten. Ein animalisches Stöhnen entrang sich ihrer Kehle und schon reckte sich ihre Lustgrotte bettelnd seiner Hand entgegen.

Das war beinahe zuviel für Dieter! Aber trotz der auch wild in ihm pochenden Lust gab er seinem Verlangen nicht nach, sondern zog seine Hand rasch weg. Als sich Bettina fragend zu ihm umdrehte, meinte er möglichst trocken: „Nein, ich werde deine Möse nicht weiter streicheln, schließlich hast du ja gesagt, dass es Urin ist und ich mag nicht in deiner Brühe herumfingern."

„Ich...nein...ich, ich habe gelogen", stöhnte Bettina und kam aus der Strafposition hoch. Als sie vor ihm stand, fiel ihr Nachthemd sofort wieder herunter und verdeckte ihre Blöße. „Okay, ich will ehrlich sein", begann sie gepresst, und sofort wurde ihr Kopf vom Feuerrot der Scham überzogen. „Ich...ich brauche Schläge, um geil zu werden." Ihr Blick heftete sich auf den Boden: „Normalen Sex mag ich auch, aber einen richtigen Orgasmus kriege ich nur, wenn mein Hintern ordentlich glüht. So wie jetzt!" Nun schaute sie ihm mit vor Scham und Angst glühenden Augen an: „Ich bin schon lange nicht mehr versohlt worden und das eben war wunderbar! Eine Wucht, wie ich sie liebe! Natürlich habe ich nicht vor Schmerzen eingenässt, sondern bin total geil geworden. Ja, die Feuchtigkeit ist kein Urin, sondern mein Geilsaft. Meine Möse kocht gewaltig und ich halte es nicht mehr aus! Bitte, bitte, fick mich! Bitte!"

Das ließ sich Dieter nicht zweimal sagen! Während er aus seiner Hose sprang, riss sich Bettina Nachthemd und Höschen vom Leib. Dann nahm er sie gleich auf dem Fußboden.

Als nach geraumer Weile ihre Lust befriedigt war und sie sich etwas beruhigt hatten, fragte Dieter: „Wie kommt es, dass du auf Schläge stehst?"

„Keine Ahnung, es ist einfach so. Ich dachte immer, dass ich irgendwie pervers wäre, aber dann habe ich über das Internet festgestellt, dass es viele Leute mit dieser Neigung gibt. Leider hatten meine früheren Freunde kein Verständnis für mein Bedürfnis. Sie haben mich ausgelacht oder als Perverse beschimpft, sodass ich den Kontakt abgebrochen habe und zur Einsiedlerin geworden bin. Deshalb sitze ich auch immer alleine zu Hause herum, male mir in Gedanken tolle Szenarien aus und masturbiere dann."

Sie warf ihm einen ängstlichen Blick zu.

Aber Dieter lächelte nur: „Ab sofort klingelst du bei mir, wenn du eine ordentliche Wucht brauchst! Aber apropos Wucht: Für deine Faulheit habe ich dich ja gerade bestraft, aber du hast mich wegen deines Mösensaftes angelogen! Dafür, Fräuleinchen, kriegst du jetzt gleich noch mal Dresche! Diesmal aber mit dem Ledergürtel!" Bei diesen Worten zog er seinen Gürtel aus der Hose.

Noch bevor er weitere Anweisungen geben konnte, hatte sich Bettina mit einem glücklichen Lächeln im Gesicht über die Sessellehne gebeugt und ihm ihr bereits verstriemtes Hinterteil entgegengereckt. Dabei gestand sie: „Ja, Herr, ich habe gelogen! Bitte bestrafen Sie mich ordentlich!"

Und das tat er dann auch! Sowohl an diesem Abend als auch an den folgenden…

Am Rande des Karnevals

Es war schon recht früh am Morgen, als Sandra von der Karnevalsveranstaltung nach Hause ging. Zwar hatten ihr mehrere Leute eine Mitfahrgelegenheit angeboten, aber nachdem sie fast neun Stunden nonstop bis nunmehr 3 Uhr morgens Karneval gefeiert hatte, wollte sie einfach nur frische Luft schnappen und die nächtliche Ruhe genießen. Deshalb hatte sie sich für einen Fußmarsch nach Hause entschieden. Sie genoss neben den menschenleeren Straßen den Anblick der vertrauten Plätze und Orte. Sie schwelgte in Erinnerungen und merkte nicht, wie die Zeit verstrich und sie immer weiter von ihrem direkten Heimweg abkam. Schließlich war sie bereits weit über eine Stunde unterwegs, hatte aber erst die Hälfte der Strecke zu ihrer Wohnung zurückgelegt.

Während Sandra die Stille und schließlich auch die ersten Lichtstrahlen genoss, verspürte sie plötzlich einen unangenehmen Drang – offensichtlich war ihre Blase randvoll. ‚Ich hätte kurz vor Schluss nicht mehr so viel trinken sollen', schoss es ihr durch den Kopf, aber nun war es zu spät! Die Natur forderte ihr Recht!

Schnell blickte sie sich nach einer offenen Kneipe um, aber um diese Zeit hatten natürlich weit und breit alle Gaststätten geschlossen. Auch eine öffentliche Toilette war nirgends in Sicht. In ihrer Panik überlegte Sandra, ob sie nicht einfach irgendwo klingeln und um die Benutzung der Toilette bitten sollte. Diesen Gedanken verwarf sie aber rasch wieder, denn um diese Uhrzeit konnte sie doch niemanden aus dem Bett holen. Vor allem nicht in ihrem ‚Feier-Outfit': Die weiße Bluse spannte sich wie eine zweite Haut über ihrem üppigen Busen, so dass sich jede kleine Verzierung ihres damit reich geschmückten BHs deutlich darunter abzeichnete. Ein höchstens vierzig Zentimeter langer Faltenrock über einer schwarzen Strumpfhose vervollständigte ihre Kleidung. Männer oder deren Ehefrauen könnten ihr Klingeln in diesem Aufzug missverstehen, und sie wollte keinen Ärger bekommen.

Inzwischen war der Druck auf Sandras Blase unaufhörlich gestiegen und inzwischen fast unerträglich geworden. Sie fürchtete, dass ihre Blase jeden Moment platzen konnte. Außerdem konnte sie vor lauter Harndrang kaum noch gehen, jeder Schritt wurde für sie zur Qual. Was sollte sie nur tun?

Gerade, als sie sich in ihrer Verzweiflung schon im Rinnstein sitzen und sich dort schutzlos allen neugierigen und hämischen Blicken preisgegeben erleichtern sah, erblickte sie einen ziemlich verwildert aussehenden Vorgarten. Er gehörte zu einem Eckhaus und bestand überwiegend aus Büschen, von denen viele mannshoch waren. Verstohlen blickte sich Sandra um: Auf der Straße war weit und breit kein Mensch zu sehen! Die Jalousien an dem Haus waren zwar hochgezogen, aber die Fenster alle dunkel. Sandra vermochte nicht zu erkennen, ob das Haus bewohnt war oder nicht, aber wegen der Gardinen vermutete sie es.

‚Vielleicht', überlegte sie, ‚könnte ich ja hinter einem von den Büschen meine Notdurft verrichten.'

Aber ihr Schamgefühl und der anerzogene Anstand ließen sie den verlockenden Gedanken verwerfen. Also stakste sie an dem Haus vorbei. Sie war fast an der Hausecke angekommen, als sie plötzlich eine neue Druckwelle überkam, stärker als alle anderen zuvor! Es kostete sie viel Kraft, die Entladung ihrer Blase zu verhindern. Das fehlte ihr auch noch, mitten auf der Straße einzunässen und mit den nassen und riechenden Klamotten durch die Straßen zu laufen! Schweiß perlte auf ihrer Stirn, die Anstrengung des Nicht-Einnässens hatte sie schwer gezeichnet.

‚Unmöglich', dachte sie, ‚Ich werde es nie rechtzeitig nach Hause schaffen!'

Den Tränen nahe überschlug sie im Kopf rasch die Entfernung nach Hause. Das Ergebnis bestätigte ihre Befürchtung! Und noch immer war keine öffentliche Toilette in Sicht.

Das reichte! In Ermangelung einer anderen Alternative fällte Sandra unter dem schier unerträglichen Harndrang eine Entscheidung und wählte den einzigen ihr möglich erscheinenden Weg: Kurz entschlossen ging sie auf die Gartenpforte des Hauses mit dem verwildert wirkenden Vorgarten zu und überzeugte sich mit einem schnellen Blick in die Runde, dass sie niemand beobachtete. Dann betrat sie rasch das Grundstück und verschwand hinter einem großen Busch neben der Treppe, die zur Haustür führte. Mit zitternden Fingern schob sie den Rock hoch, zerrte ihre Strumpfhose und den Slip herunter, hockte sich hin und ließ ihrem Bedürfnis freien Lauf. Kaum schoss der heiße Strahl aus ihr heraus, schloss sie vor Erleichterung die Augen.

Lange hielt ihr Wohlgefühl jedoch nicht an, denn plötzlich öffnete sich ruckartig die Haustür und ein circa siebzigjähriger Mann erschien mit vor Wut hochrotem Kopf im Türrahmen.

„Was machst Du da?", polterte er los, als ob die Szene nicht eindeutig wäre.

Sandra riss erschrocken die Augen auf! Während sie den Mann entsetzt anstarrte, fühlte sie, wie die Schamesröte ihr Gesicht feuerrot verfärbte. Am liebsten wäre sie aufgesprungen und weggerannt, aber zum einen lief noch immer ein kräftiger Strahl aus ihrer Blase, zum anderen umspielten ihr Höschen und die Strumpfhose ihre Knöchel, so dass sie ihre Beine unabsichtlich gefesselt hatte.

Der alte Mann hatte sowohl ihren roten Kopf als Beweis ihres Schamgefühls als auch ihren panikartigen Fluchtinstinkt registriert. Mit vor der Brust verschränkten Armen verstellte er für zufällige Beobachter unauffällig ihren Fluchtweg. Dabei ließ er sie keinen Moment aus den Augen.

„Pinkel ruhig zu Ende", meinte er in einem etwas ruhigeren Tonfall, „Auf die paar Tropfen mehr oder weniger kommt es jetzt auch nicht mehr an." Mit einem Blick auf den kräftigen Strahl ergänzte er: „Oder sollte ich sagen, dass es auf ein paar Liter mehr nicht mehr ankommt? Du hast wohl ganz schön gesoffen?"

Immer noch schwer atmend von dem Schreck und der Scham, in diesem peinlichen Moment erwischt worden zu sein, entleerte Sandra ihre Blase und schwieg.

Der alte Mann ließ aber nicht locker: „Bist Du stumm? Ich habe gefragt, wie viel Du gesoffen hast!"

Sandra zog ihren Kopf tiefer zwischen die Schulter. Langsam wurde ihr bewusst, dass der Mann sie gerade demütigte und darüber hinaus ihre intimste Stelle beim Wasserlassen sehen konnte.

„Bist wohl auf Drogen, wa?", stichelte der Alte weiter.

Jetzt reichte es Sandra, als Junkie wollte sie nicht gelten! „Nein", entgegnete sie beinahe flüsternd, „Ich…ich konnte es nicht mehr halten."

„Also pinkelst Du lieber in meine Büsche als in Deinen Schlüpfer, wa?"

Sie nickte stumm, zu mehr war sie nicht in der Lage. Die ganze Situation hatte etwas vollkommen Unrealistisches an sich, aber doch war es Wirklichkeit.

Endlich versiegte der Strahl, ihre Notdurft war verrichtet. Schnell zog sie Slip und Strumpfhose hoch, wobei ihr bewusst war, dass der alte Mann sie dabei beobachtete und ungeniert auf ihre Schamgegend starrte.

‚Er könnte wenigstens den Anstand haben und wegsehen', schoss es ihr durch den Kopf, aber gleich darauf wich dieser Gedanke der Erkenntnis, dass ihr eigenes Verhalten auch nicht gerade anständig genannt werden konnte.

Noch während ihr diese widersprüchlichen Gedanken durch den Kopf schossen, vernahm sie die Stimme des Alten, der in sachlichem Ton feststellte: „Du hast Deine Möse nicht abgewischt. Jetzt dürftest Du einen großen, gelben Fleck im Schlüpfer haben."

„Oh…äh…ja", stammelte Sandra irritiert über diese Bemerkung. Als ihre Kleidung wieder in Ordnung gebracht war, stand sie etwas unschlüssig da und überlegte, wie sie am besten wieder den Bürgersteig erreichen konnte. Noch immer versperrte der Alte den einzigen gangbaren Weg, und durch die dichten Büsche war mit Sicherheit kein Durchkommen.

Der alte Mann schien ihre Gedanken erraten zu haben: „Marsch ins Haus, damit ich Dir zeigen kann, was ich von Deiner Unverschämtheit halte, meinen schönen Vorgarten als Klo zu missbrauchen!"

Sandra riss vor Entsetzen die Augen weit auf. Für einen Moment war sie sprachlos und sah sich vor ihrem geistigen Auge bereits auf der Polizeiwache sitzen. Schließlich fand sie aber doch ihre Sprache wieder: „Bitte! Es tut mir leid, ehrlich!", beteuerte sie beinahe flehentlich. Wenn die Polizei ein Protokoll aufnehmen würde, wäre das nicht nur extrem peinlich, sondern würde auch viel Ärger bedeuten, wenn ihr Chef oder die Kollegen davon erfahren würden.

Barsch fuhr der Alte sie an: „Marsch ins Haus, habe ich gesagt! Da werde ich Dir beibringen, wie man sich anständig benimmt!"

„Wa-was haben Sie vor?"

„Na, was wohl? Ich werde Dir den Arsch so voll hauen, dass Du tagelang nicht mehr sitzen kannst! Das wird Dich hoffentlich lehren, nicht in fremde Gärten zu pinkeln!"

„Einen... einen Arschvoll?" Sandra starrte den Mann ungläubig an. Dann fragte sie leise: „Keine Polizei, nein?"

„Wozu denn die Polizei? Die nehmen meine Anzeige auf, Du zahlst irgendeinen lächerlichen Betrag und das war es dann auch schon. Nein, nein, eine ordentliche Tracht Prügel mit dem Rohrstock ist da viel nachhaltiger! Oder ist Dir die Polizei lieber?"

„Nein, nein, bloß nicht!", wehrte Sandra entsetzt ab, „Ich... es ist nur so, ich... also ich habe schon lange keine... keine Prügel mehr bekommen, weil... ich bin doch schon achtundzwanzig."

„Na und? Für den gelben Onkel ist man nie zu alt! Außerdem: Wer sich wie eine Halbstarke in Vorgärten hockt und hemmungslos drauflos pinkelt, hat den Stock verdient! Also beweg Dich endlich ins Haus, damit wir diese leidige Sache zu Ende bringen können. Oder soll ich doch die Polizei rufen?"

Diesen Vorschlag verneinte sie natürlich sofort und überlegte fieberhaft, was sie tun sollte. Voller Schrecken bemerkte sie, dass es schon heller geworden war, und bestimmt würden bald die ersten Leute auf der jetzt immer noch menschenleeren Straße auftauchen. Die würden sich dann bestimmt fragen, was in diesem Vorgarten vorging und vielleicht sogar einen Teil des Gespräches mitbekommen. Sandra fühlte wieder die Schamesröte über ihr Gesicht ziehen. Tief ein – und ausatmend sagte sie: „Also gut, Sie haben ja recht, das war wirklich pubertär von mir. Und Sie haben recht, wenn Sie mich wie eine pubertierende Göre bestrafen wollen. Aber", ein ängstlicher Blick traf den Alten, „Danach ist alles vergeben? Keine Polizei?"

„Du immer mit Deiner Polizei! Vor der scheinst Du ja einen Mordsbammel zu haben. Wirst Du etwa gesucht?" Das Misstrauen in seinem Blick war nicht zu übersehen.

„Nein, nein", beeilte sich Sandra zu sagen, „Ich will nur keinen Ärger mit denen, weil doch die Zeitungen die Polizeiberichte einsehen und dann bestimmt über mein…äh…Vergehen in der Rubrik ‚Auf der Polizeiwache notiert' berichten werden. Wenn mich dann damit jemand in Verbindung bringt, werde ich eine Menge Ärger auf der Arbeit haben." Sie sah ihn mit großen flehenden Augen an.

„Das verstehe ich", nickte der Alte, „Aber ich kann Dich beruhigen: Ich werde Dir sehr, sehr gründlich den Arsch versohlen und danach kannst Du gehen. Alles ohne Polizei, versprochen!"

Sandra schluckte schwer. „Okay, dann…dann bin ich einverstanden." Sie schloss kurz die Augen. Als sie sie wieder öffnete straffte sich ihr Körper und sie bat leise: „Lassen Sie es uns hinter uns bringen."

„Dann marsch, ins Haus mit Dir!"

Diesmal trat der Mann ein wenig zur Seite. Sandra sah eine kleine Chance, davonrennen zu können, und überlegte kurz. Aber dann ging sie doch weiter auf die Haustür zu und die letzte Gelegenheit zur Fluch war vorüber.

Mit kleinen Kommandos dirigierte sie der alte Mann in sein Wohnzimmer. Dort angekommen, befahl er: „Zieh Rock und Strumpfhose aus!"

Sandra hatte plötzlich ein mulmiges Gefühl. Verstohlen schielte sie zu dem Alten hinüber und maß ihn mit ihren Blicken. ‚Ich bin stärker als er', ging es ihr durch den Kopf, ‚Wenn er mich vergewaltigen will, kann ich mit ihm fertig werden.'

„Was ist, brauchst Du eine Extraeinladung oder soll ich Dir mit dem Rohrstock Beine machen?"

Erst jetzt bemerkte Sandra den dünnen Rohrstock in seiner Hand. Sie hatte nicht mitbekommen, wie er nach ihm gegriffen hatte. ‚Immerhin keine Waffe, sondern ‚nur' ein Rohrstock', schoss es ihr wie eine Welle der Erleichterung durch den Kopf, ‚Also will er mich tatsächlich nur versohlen!'

Inzwischen schlug der Alte, dem man seinen Ärger über ihr Zögern deutlich ansah, ungeduldig die Stockspitze in seine freie Hand. Das klatschende Geräusch riss Sandra schließlich aus ihrer Lethargie und gehorsam streifte sie den Rock ab. Um Ihre Strumpfhose ausziehen zu können, entledigte sie sich schnell ihrer Schuhe. Dann zog sie mit zitternden Fingern die Strumpfhose aus, wobei ihr der Slip etwas verrutschte. Rasch zog sie ihn wieder zurecht. Sandra spürte, wie der alte Mann interessiert ihr Höschen musterte. Schamesröte überzog einmal mehr ihr Gesicht, was von dem Alten mit einem innerlichen Grinsen bedacht wurde.

‚Verdammt', schoss es ihr durch den Kopf, ‚warum habe ich heute bloß ein Teil mit viel Spitze angezogen? Das wird ihn nur fürchterlich aufgeilen.'

Bevor sie diesen Gedanken weiter verfolgen konnte, durchbrach seine Stimme die im Raum entstandene Stille: „Na gut, dann wollen wir mal mit Deiner Lektion anfangen. Aber bevor Dir der gelbe Onkel", dabei hielt er mit vielsagendem Blick den Rohrstock in die Höhe, „ordentlich den Arsch versohlt, werde ich ihn Dir vorwärmen." Damit setzte er sich auf das leicht abgewetzte Sofa und deutete auf seine Beine: „Los, über meine Knie, Du Gör!"

Sandra zögerte und war einen Moment unschlüssig. Sie hatte eine Riesendummheit begangen, in dem sie in einem fremden Vorgarten uriniert hatte, das war klar. Dafür mit dem Rohrstock bestraft zu werden, schien ihr eine gute Alternative zu einer Anzeige zu sein. Aber wie ein kleines Kind übers Knie gelegt und versohlt zu werden, erschien ihr etwas zu demütigend. Und was hieß überhaupt ‚Vorwärmen'? Ihre Eltern hatten sie früher auch des Öfteren versohlt, da wurde nicht erst vorgewärmt, sondern gleich ordentlich verdroschen.

Der alte Mann hatte ihr Zögern bemerkt und wohl ihre Gedanken erraten. Er meinte: „Wenn ich Dir gleich den Rohrstock überziehe, könnte das Verletzungen hervorrufen. Es ist besser, wenn Dein Hintern mit der Hand vorgeglüht und dadurch die Durchblutung angeregt wird. Was Dir wie eine Erniedrigung vorkommen mag, ist in Wirklichkeit einer Erleichterung für Dich, und damit nur zu Deinem Besten. Also zier Dich nicht länger und komm her!"

Als Sandra weiter zögerte, seufzte der alte Mann und beugte sich zu einem kleinen Tisch neben dem Sofa hinüber. Sandras Blick folgte seinen Bewegungen und mit Schrecken erkannte sie das darauf stehende Telefon

‚Scheiße', durchfuhr es sie, ‚Der will doch die Bullen rufen!' Diese Erkenntnis brachte Bewegung in ihren eben noch wie gelähmt wirkenden Körper. Laut rief sie: „Nein, stopp, warten Sie! Ich…ich gehorche schon!"

Zweifelnd sah sie der Alte an. Sandra atmete noch einmal tief durch, dann ging sie zu ihm hinüber und platzierte sich über seinen Knien. Ihr pralles Gesäß lag nun genau richtig, um von seiner Hand tüchtig versohlt zu werden.

Bedächtig streifte der Mann den rechten Ärmel seines Hemdes hoch, dann streichelte er leicht über ihr Hinterteil. Sandra fühlte die fremde Hand an einer ihrer Intimstellen und sofort spürte sie wieder, wie die Schamesröte einmal mehr ihr Gesicht überzog. Zugleich wurde sie aber auch von einer gewissen Erregung gepackt, die von seiner Berührung ihres Hinterteils ausgelöst wurde.

Lange hielt dieser Zustand sinnlicher Gefühle jedoch nicht an, denn plötzlich und von Sandra unbemerkt hatte der alte Mann ausgeholt und ließ seine Hand kraftvoll auf ihr Gesäß niedersausen. Der Aufprall wurde von einem satten Klatschen begleitet. Sandra war noch so mit ihren sinnlichen Gefühlen beschäftigt, dass sie sowohl von dem Schlag als auch von dessen Härte überrascht wurde. So viel Kraft hätte sie dem schmächtigen Alten gar nicht zugetraut!

Noch bevor sie ihre Gedanken über seine Kraft geordnet hatte, krachte bereits der zweite Hieb auf ihren Hintern herab, gleich darauf der nächste. So ging es weiter und immer weiter, ihre Pobacken wurden immer im Wechsel von seiner Hand getroffen. Schon nach wenigen Schlägen wollte Sandra unruhig hin- und herrutschen, aber der Alte hielt sie mit seiner freien Hand in einem eisernen Griff gefangen, während er ihre Beine mit seinen eigenen Beinen festgehakt hatte. Unfähig zu großen Bewegungen blieb ihr nur, den von den Schlägen verursachten Schmerz hinauszukeuchen. Schon bald war der Raum erfüllt von den „Au!", „Oh!", „Uh!" und sonstigen Rufen, die einem Menschen bei derlei Gelegenheit entfahren.

Der alte Mann fand immer mehr Gefallen daran, diesen prallen Frauenhintern zu versohlen. Erst als ihm auffiel, dass Sandras Wehklagen immer lauter wurde und sie immer heftiger zu zappeln begann, hörte er auf. Erst jetzt wurde ihm bewusst, wie lange er die junge Frau bereits geschlagen hatte. Es war mehr gewesen, als für ein Vorwärmen nötig gewesen wäre.

‚Andererseits', überlegte er achselzuckend, ‚Sie hat es mit ihrem Verhalten provoziert und das ist halt die Strafe. Außerdem hat es mir sehr viel Spaß gemacht.'

Er unterdrückte ein Grinsen, und stattdessen herrschte er die Übergelegte an: „Steh auf!"

Sofort erhob sich Sandra und der alte Mann konnte einen Blick in ihr leicht verheultes Gesicht werfen. „Warum heulst

Du?", schnauzte er sie an, „Warte, bis Du erst den Rohrstock spürst! Dann hast Du Grund zum Heulen!"

Sandra hatte der von Hand verabreichte Povoll zwar die Tränen in die Augen getrieben, aber zu ihrer großen Überraschung hatte sie zugleich eine zunehmende Erregung gefühlt, die sich mit steigendem Schmerz zu einem Gefühl der Lust und sexueller Gier entwickelt hatte. Als unübersehbarer Beweis für dieses völlig neue Gefühl zierte ein großer, feuchter Fleck den Schritt ihres Höschens, und diesmal war es kein Urin.

Der alte Mann hatte den Fleck natürlich ebenfalls bemerkt. Als sich die beiden gegenüberstanden, verabreichte er Sandra zwei saftige Ohrfeigen: „Du Luder, Dich macht das wohl auch noch scharf, was!? Na warte, jetzt kriegst Du Senge mit dem Rohrstock, mal sehen, ob Du danach auch noch so geil bist! Runter mit dem Slip, bis zu den Oberschenkeln runter damit, und dann marsch über den Tisch gebeugt!"

Sandra war noch in Gedanken bei dem bezogenen Hinternvoll, so dass sie seinen plötzlichen Ausbruch und die Ohrfeigen nicht gleich einordnen konnte. Angesichts seiner wütenden Haltung reagierte sie jedoch ganz automatisch und streifte ihren Slip so weit herab, dass ihr Gesäß vollkommen entblößt war. Erst jetzt bemerkte sie ebenfalls den feuchten Fleck und mit einem Schlag wusste sie, was den Alten so wütend gemacht hatte.

„Ich...", versuchte sie eine Erklärung abzugeben, aber eine weitere Ohrfeige traf ihre Wange und ließ ihren Kopf zur Seite fliegen.

„Über den Tisch, du schamloses Ding!"

Sandra spürte die Wut in der Stimme des Mannes und wollte ihn nicht weiter aufregen. Also trat sie rasch auf den Wohnzimmertisch zu und beugte sich soweit herab, dass ihre Unterarme in voller Länge darauf zu liegen kamen. Wegen der geringen Höhe des Tisches lag ihr Oberkörper nun ziemlich tief, wodurch ihr Gesäß noch besser zur Geltung kam. Sie hielt ihre Beine geschlossen, so dass der alte Mann zwar nicht ihr Geschlechtsteil sehen konnte, aber alleine der Anblick des rot leuchtenden Hinterteils faszinierte ihn. Seine ‚Handschrift' war hervorragend, und er hatte gute Arbeit geleistet. Dass die Frau zwischen ihren Beinen sogar nass geworden war, hatte ihn überrascht, aber er nahm es schmunzelnd zur Kenntnis.

‚Wie sie sich jetzt wohl fühlt?', überlegte er, ‚Immerhin habe ich in der kurzen Zeit bereits mehr von ihr gesehen als wohl die meisten ihrer Bekannten zusammengenommen. Außerdem ist sie ständig in einer neuen peinlichen Situation. Ihr ständiges Erröten spricht für ein ausgeprägtes Schamgefühl. Also muss das alles für sie die Hölle sein.'

Mit diesen Gedanken griff er zum Rohrstock und legte dessen Spitze auf Sandras Po. Zuerst zuckte ihr Hintern zusammen, als wenn sie schon geschlagen worden wäre, aber als der Schmerz ausblieb, verkrampfte ihr Gesäß unter dem Gefühl des Stockes.

„Ruhig, Mädchen, ganz ruhig!", versuchte der alte Mann sie zu beruhigen, „Locker die Muskeln in Deinem Hintern, und lass sie dann schön locker. Wenn Du verkrampfst, wird es nur noch schmerzhafter."

Sandra nickte zum Zeichen, dass sie verstanden hatte. Es dauerte allerdings noch einige Zeit, bis sich ihre Gesäßmuskulatur endlich gelockert hatte. Kaum war es soweit, holte der Alte blitzschnell aus und mit seinem charakteristischen Pfeifen sauste der Rohrstock herab, traf das nackte Fleisch und zeichnete eine rote Strieme hinein. Gleichzeitig schickte er eine Riesenwelle an Schmerz durch Sandras Körper, dicht gefolgt von einer fürchterlichen Hitzewelle. Sandra schrie laut auf, während sie gleichzeitig mit ihrem Hintern wackelte, um den Schmerz zu lindern. Obwohl sie den Rohrstock aus ihrer Jugend kannte, hatte sie ihn nicht mehr so schmerzhaft in Erinnerung gehabt!

Noch bevor sie ihre Gedanken wieder geordnet hatte, wurde ihr Hintern schon vom zweiten Hieb getroffen, der dicht neben dem ersten seine Spur hinterließ. Wieder entfuhr ihr ein spitzer Schrei, während die Intensität des Hinternwackelns zunahm. Nur dank einer gewaltigen mentalen Anstrengung konnte sie gerade noch verhindern, aufzuspringen und sich den Hintern zu reiben. Irgendwie schaffte sie es aber, in der befohlenen Position zu bleiben. Das ängstliche Warten auf den nächsten Streich kostete sie aber wiederum enorme Mühe!

Der alte Mann hatte ihre Reaktionen genau beobachtet. Er gönnte ihr ein paar Augenblicke der Erholung. Als er sah, dass sie sich wieder halbwegs beruhigt hatte, platzierte er den nächsten Hieb parallel zu den beiden bisherigen. Diesmal bog Sandra zunächst ihren Oberkörper zur Schmerzbewältigung weit nach oben, wodurch der Tanz ihrer Kehrseite nur schwach ausfiel. Dann sackte ihr Oberkörper zurück und sie begann, mit den Beinen auf der Stelle zu trippeln. Durch diese heftigen Bewegungen geriet ihr Höschen ins Rutschen und bewegte sich langsam abwärts. Erst als es bereits ihre Knie erreicht hatte, bekam sich Sandra wieder in den Griff und wurde ruhiger. Damit stoppte sie die Talfahrt des Slips, aber zugleich signalisierte sie dem alten Mann ihre Bereitschaft für den nächsten Hieb.

Der ließ nicht lange auf sich warten und traf kraftvoll ihr Gesäß! Gerade als Sandras Unterleib als Reaktion darauf einen wilden Tanz aufführen wollte, wurde sie von einem weiteren Hieb getroffen. Zwei Stockschläge kurz hintereinander waren zuviel für die junge Frau! Ihr Oberkörper schnellte wie von einer Feder abgeschossen nach oben, beinahe gleichzeitig fuhren ihre Hände nach hinten und begannen die Pobacken wild zu kneten, während sie wie ein Derwisch vor dem Tisch hin- und herhüpfte. Durch die heftigen Bewegungen rutschte ihr Slip nun endgültig nach unten, und hätte sie der alte Mann nicht im letzten Moment aufgefangen, wäre sie durch das plötzlich zur Fußfessel gewordene Höschen zu Fall gebracht worden.

Mit verheulten Augen blickte sie dem Mann ins Gesicht und schluchzte: „Bitte nicht mehr schlagen, bitte, bitte nicht!"

„Das waren erst fünf Hiebe", kam die unwirsche Antwort, „Viel zu wenig für Dein Vergehen. Ein Dutzend sollten es schon sein!"

„Das... das halte ich aber nicht aus!", jammerte sie.

„Doch, das wirst Du! Also beruhig Dich wieder und dann nimm wieder Deine Position ein."

Am liebsten wäre Sandra weggelaufen. Aber wie er sie in seinen Armen gehalten hatte, hatte sie sich irgendwie geborgen gefühlt. Ja, er verabreichte ihr eine überaus schmerzhafte Bestrafung, aber andererseits hatte sie ja auch gewaltigen Mist gebaut. Auch als er sie losließ und sie wieder aus eigenen Kräften stand, hielt dieses Gefühl an. Mit jeder verstrichenen Minute wurde sie ruhiger, auch wenn sie die Schmerzen der bereits empfangenen Hiebe nun umso deutlicher spürte, ebenso wie die auf ihrem Hintern lodernde Feuersbrunst. Dazu gesellte sich immer intensiver das Gefühl sexueller Erregung, das sich zu einer wahren Begierde steigerte.

Das Gefühl der Lust gab schließlich den Ausschlag! Ernst und bedächtig nickte sie dem alten Mann zu und signalisierte ihm damit ihre Bereitschaft zur Fortsetzung. Dann trat sie wieder zum Tisch und nahm leicht zögernd ihre Strafposition ein. Gleich darauf trat der Rohrstock wieder in Aktion.

Der alte Mann ließ ihr nun zwischen den einzelnen Hieben etwas mehr Zeit zum Erholen. Das war auch sein einziges Zugeständnis, denn die Hiebe führte er mit immer gleicher

Schärfe und Intensität. Er peitschte Sandras Hinterteil tüchtig aus. Dabei zielte er so genau, dass alle Striemen nebeneinander lagen und sich nicht überschnitten. Sandra schrie nach jedem Schlag laut auf, bevor sich die Lautstärke bis zu einem Wimmern absenkte. Erst wenn das Wimmern von Schluchzen unterbrochen wurde, bekam sie den nächsten Hieb.

Nachdem Sandra wusste, dass er ihr ein Dutzend Hiebe zugedacht hatte, wollte sie mitzählen in der Hoffnung, dass sie die letzten Schläge in dem Wissen, dass es gleich vorüber sei, besser verkraften würde. Aber schon nach den ersten Hieben hatte sie sich verzählt und angesichts der Schmerzen das Zählen aufgegeben. Dafür wackelte ihr nacktes Gesäß wild hin und her, verkörperte für den alten Mann lustvolle Versuchung und war zugleich das gestriemte Zeichen ihrer Strafverbüßung. Sandras Beine, deren Fußgelenke seit ihrem Beinahe-Sturz von der Höschenfessel befreit waren, zappelten und trippelten ekstatisch herum. Aber sie hielt durch! Mit unendlicher Willenskraft schaffte sie es, die fürchterlichen Schmerzen und das lodernde Höllenfeuer auf ihren Globen zu verkraften.

Schließlich war die Strafe verbüßt, auch ohne ihr Zählen der Hiebe. Schluchzend blieb Sandra noch geraume Zeit in der Strafposition liegen, bevor sie sich mühsam und stöhnend erhob. Ihr tränenüberströmtes Gesicht wurde von der zerflossenen Schminke verunziert, während ihre verheulten Augen den alten Mann groß und ängstlich anschauten. Gleichzeitig fühlte sie zwischen ihren Beinen das Feuer der Leidenschaft ihr Inneres verzehren – sie vermochte nicht zu sagen, was verheerender war: Das auf ihrem Hintern brennende oder das in ihrem Geschlecht lodernde Feuer.

Der alte Mann betrachtete stumm die junge Frau. Dann sagte er: „Komm, im Bad kannst Du Dich frisch machen."

Sandra folgte ihm in ein kleines Badezimmer, wo er sie allein ließ. Sie wusch ihr Gesicht mit kaltem Wasser, aber die verlangende Glut der Erregung konnte sie auf diese Weise nicht löschen. Als sie es schließlich nicht mehr aushielt, masturbierte sie. Es dauerte nicht lange, und sie kam mit einer bislang ungekannten Heftigkeit.

Wieder dauerte es einige Zeit, bis ihr Atem ruhiger ging. Rasch beseitigte sie alle Spuren ihres sündigen Treibens, dann stellte sie sich kurz entschlossen unter die Dusche und genoss das herabströmende Wasser.

Einigermaßen erfrischt und mit halbwegs gestilltem Verlangen ging sie, wenngleich als Folge der bezogenen Tracht Prügel etwas staksig, zurück ins Wohnzimmer. Der alte Mann saß auf dem Sofa und schaute sie an: Neugierig, wie sie nun nach überstandener Züchtigung reagieren würde, und wissend, als ob er von ihrer Masturbation wusste. Sandra spürte, wie wieder die Schamesröte ihr Gesicht überzog. Um die Situation zu überspielen, fragte sie matt: „Darf…darf ich jetzt gehen?"

„Ja. Du hast Deine Strafe bekommen und damit ist alles vergeben und vergessen."

Die beiden sahen sich an und jeder wusste, dass der andere diesen Morgen niemals vergessen würde. Rasch, als sei sie plötzlich über ihrer Nacktheit entsetzt, suchte Sandra ihre Sachen zusammen, fand aber den Slip nicht gleich. Beseelt von dem Wunsch, der unwirklich anmutenden Situation zu entkommen, verwendete sie keine Zeit mit der Suche danach. Also zog sie rasch Strumpfhose, Rock und Schuhe an. Mit einem kurzen Kopfnicken entließ sie der Mann. Alleine begab sich Sandra zur Haustür. Verstohlen warf sie einen Blick auf den Namen neben der Klingel, dann verließ sie rasch das Grundstück. Nebenbei prägte sie sich noch die Straße und die Hausnummer ein.

Zu Hause angekommen, zog sie sich aus und betrachtete mit etwas Mühe und einigen Verrenkungen ihr nacktes Gesäß im Spiegel. Angesichts der dunkelroten Striemen erschrak sie heftig! ‚Da werde ich einige Zeit gewaltige Probleme beim Sitzen haben', schoss es ihr durch den Kopf, ‚Aber immerhin hat der Alte Wort gehalten und nicht die Polizei gerufen.'

Dann stellte sie sich unter die heiße Dusche. Dabei fiel ihr wieder das verschwundene Höschen ein: ‚Vielleicht', dachte sie, ‚hätte ich es doch suchen sollen. Oder hat es der Alte versteckt? Na ja, egal, soll er es halt als Trophäe behalten.'

Schließlich trat sie aus der Dusche heraus und griff zum Handtuch. Das Abtrocknen verlief wie immer, aber als sie ihr Gesäß trockenreiben wollte, schrie sie leise auf! Die einfache Berührung hatte bereits leichten Schmerz ausgelöst. Rasch begutachtete sie erneut ihre Kehrseite und wie schon beim ersten Mal erschrak sie über die übel aussehenden Striemen, um die sich in den nächsten Tagen noch blaue Flecken von dem Versohlen mit der Hand gruppieren würden. Nach dem erneuten Schrecken löste der Anblick jedoch wieder ein heftiges Verlangen in ihr aus, dem sie sich nicht entziehen konnte. Sie versuchte es auch nicht lange, und so masturbierte sich Sandra auf dem Bett liegend von einem Höhepunkt zum anderen. So viele und so gute Höhepunkte hatte sie noch nie zuvor gehabt! Innerlich dankte sie dem alten Mann vielmals für diese neue und so herrliche Erfahrung und fragte sich, was er wohl gerade machen würde. Dann gewann wieder ihre Lust die Oberhand, und Sandra wendete sich erneut ihrer Befriedigung zu.

Partybesuch mit Folgen

Zum Leben einer Schülerin im Teenageralter gehören Klassenfeten einfach dazu. Je älter die Mädchen sind, desto lebhafter und länger werden die Partys. Vor allem, wenn das Interesse für Jungs erwacht ist und erste Schmetterlinge im Bauch flattern. Diese Erfahrung machte auch die 18-jährige Sabrina, Schülerin einer 13. Klasse des örtlichen Gymnasiums. Sie besuchte eine Fete ihrer Klasse. Weil Sabrina jedoch zwei Tage zuvor in einer Französisch-Klausur eine ‚5' geschrieben hatte, sollte sie auf Anweisung ihres Vaters um Punkt 22 Uhr zu Hause sein. Natürlich war die Partystimmung hervorragend, es wurde viel gelacht, getanzt und natürlich auch geflirtet. Darüber vergaß Sabrina die Zeit, und als sie endlich die Uhrzeit bemerkte, war es schon so spät, dass es ohnehin eine Standpauke geben würde. Beim letzten verspäteten Heimkommen hatte sie eine Woche Hausarrest bekommen, aber im Zeitalter der Handys und des Internets war das keine wirkliche Strafe. Also genoss Sabrina weiterhin die Party in vollen Zügen.

Irgendwann endet aber auch die schönste Party. Etwas beschwipst von dem heimlich kursierenden Wodka kam Sabrina irgendwann in der Nacht nach Hause. Sie verschwendete keinen Gedanken an eventuelle Folgen ihrer Verspätung. Umso überraschter war sie, als sie ihrem wutschnaubenden Vater im Flur gegenüberstand.

„Ah, das Fräulein geruht auch schon nach Hause zu kommen!", höhnte ihr Vater, „Hast du in den letzten Stunden mal auf die Uhr gesehen? Um 22 Uhr solltest du hier sein und jetzt ist es 2 Uhr morgens!"

„Oh, ist es wirklich schon so spät?", tat Sabrina überrascht, „Ich weiß ja, dass ich spät dran bin, aber die Party war klasse und irgendwie habe ich die Zeit vergessen. Ich habe überhaupt nicht gemerkt, dass es schon soooo spät ist. Tut mir wirklich leid." Dabei versuchte sie, einen möglichst niedergeschlagenen Gesichtsausdruck hinzubekommen. Leider war ihr Vater für solche Tricks diesmal nicht empfänglich.

„Das lange Feiern wäre kein Problem, wenn die Noten stimmen würden!", schimpfte er, „Aber bei deinen Leistungen hat man sich auf seine vier Buchstaben zu setzen und zu lernen, anstatt die halbe Nacht zu feiern!"

„Ich habe doch schon gesagt, dass es mir leid tut! Es wird nicht wieder vorkommen. Und die dumme Französisch-Klausur war nur ein Ausrutscher, das kriege ich wieder hin", maulte Sabrina.

„Das will ich auch stark hoffen! Und um dir das Lernen zu erleichtern, hast du die nächsten vier Wochen Stubenarrest! Den Computer habe ich schon aus deinem Zimmer geholt und dein Handy ist auch tabu!" Mit diesen Worten riss er der überraschten Sabrina die Handtasche vom Arm und hatte das Handy schon in der Hand, bevor seine Tochter protestieren konnte.

„Das kannst du nicht machen, Paps!", schimpfte sie, „Alle haben ein Handy und auch Internet, in den vier Wochen werde ich ja total zur Außenseiterin!"

„Oh, ich mache sogar noch mehr!", verkündete ihr Vater mit wütender Stimme, „Weil du mal wieder gezeigt hast, dass dir Selbstdisziplin fehlt, werde ich sie dir wieder beibringen! Ab sofort wird jede, und ich wiederhole: JEDE!, noch so kleine Verfehlung streng bestraft! Den Anfang machen wir gleich jetzt: Für deine Verspätung werde ich dir sehr, sehr gründlich den Hintern versohlen! Also marsch ins Wohnzimmer!"

Sabrina war geschockt" „D-das kannst du doch nicht machen, Paps!", stotterte sie, „Ich bin doch volljährig!"

„Oh doch, Fräulein, und ob ich das kann. Wenn dir das nicht passt, kannst du ja ausziehen! Aber wenn du hier wohnen bleiben willst, bewegst du jetzt auf der Stelle deinen Hintern in das Wohnzimmer, und zwar zügig!"

Die Drohung mit dem Rausschmiss hatte gewirkt! Wie in Trance ging Sabrina in die Wohnstube, völlig benommen von der Strenge ihres Vaters. Mit einer solchen Strafe hatte sie nicht gerechnet. Gleich beim Eintritt in das Zimmer sah sie den in die Zimmermitte gerückten Sessel mit dem Handtuch über der Rückenlehne. Auf dem Tisch daneben sah sie den langen, biegsamen Rohrstock. Nun wurde ihr ziemlich flau in der Magengegend.

„Bitte, Paps", bettelte sie, „Ich werde mich bessern und in Zukunft immer pünktlich sein! Versprochen, ehrlich! Aber bitte keine Schläge!"

„Spar dir das Gejammer!", herrschte ihr Vater sie an, „Ich habe gesagt, dass ich dir den Hintern versohlen werde und basta! Soweit kommt es noch, dass ich meine Erziehungsmethoden mit einer unzuverlässigen Göre diskutiere!"

„Wenn du mich schlägst, gehe ich zum Jugendamt!", rief Sabrina mit dem Mute der Verzweiflung.

KLATSCH! KLATSCH!

Sie sah die Hand nicht kommen, sondern spürte nur links und rechts die beiden heftigen Ohrfeigen.

„Jetzt reicht es aber!", hörte sie ihren Vater vor Wut brüllen, „Deine Unverschämtheiten werde ich nicht länger dulden! Du hebst sofort den Rock hoch und beugst dich über die Sessellehne, sonst mache ich dir Beine!"

Trotz ihres Schreckens über die Ohrfeigen erkannte Sabrina die Entschlossenheit ihres Vaters, sie ordentlich durchzuhauen. Sie sah ein, dass sie ihn besser nicht noch weiter reizen sollte, weil sonst ihr Hintern noch mehr leiden würde oder, schlimmer noch, er sie tatsächlich aus dem Haus werfen würde. Immerhin hatte sie ihn in den letzten Monaten mit zahlreichen Widerworten ganz schön provoziert. Insgeheim bewunderte sie, wie ruhig er in der ganzen Zeit geblieben war. Dass das Maß jetzt voll war, konnte sie verstehen. Also schob sie ihren schwarzen Minirock über die Hüften und entblößte einen knapp geschnittenen roten Slip, der sowohl vorne als auch hinten sehr geschmackvoll bestickt war. Die enge Passform ließ die wohlgeformten Rundungen ihres Hinterteils besonders gut zur Geltung kommen.

„Was trägst du denn da für Schlüpfer?", fragte ihr Vater entgeistert, „Solche aufregenden Dinger und dann auch noch unter einem Minirock?"

„Die Jungs mögen es, wenn ein Mädchen schöne Wäsche trägt", flüsterte Sabrina. Gleich darauf bereute sie ihre unbedachte Antwort.

„DIE Jungs?", brüllte ihr Vater auch schon los, „Heißt das etwa, dass du allen dein Höschen zeigst?"

„Nein", stotterte Sabrina, „Nur dem Alexander..." Jetzt hätte sie sich am liebsten die Zunge abgebissen, denn von ihrem neuen Freund wusste ihr Vater ja noch nichts. Schon gar nicht von ihren sexuellen Erfahrungen.

„So, so, nur der Alexander sieht dich also in deiner Reizwäsche." Die Stimme ihres Vaters war gefährlich leise geworden. „Aber darüber unterhalten wir uns später. Jetzt bekommst du zuerst mal 25 Hiebe für dein Zuspätkommen. Also los, bück dich über den Sessel! Aber vorher ziehst du deinen Slip aus, es wäre doch schade, wenn die schöne Spitze beschädigt werden würde!" Seine Stimme triefte vor Ironie. Froh darüber, dass ihr Vater nicht weiter auf die Beziehung zu Alexander eingegangen war, beeilte sich Sabrina mit dem Ausziehen ihres Höschens und nahm die befohlene Strafposition ein. Beim Verkünden des Strafmaßes hatte sie zwar schlucken müssen, aber Lamentieren hätte ihr nur noch mehr Hiebe eingebracht. Also ergab sie sich in ihr Schicksal und erwartete brav den ersten Hieb. Der kam schneller, als sie gedacht hatte. Ebenso schnell folgten weitere Schläge.

Huuiitt – Klatsch! Huuiitt – Klatsch! Huuiitt – Klatsch!

Sabrina schrie jedes Mal laut auf, wenn der Rohrstock ihr nacktes Hinterteil traf. Die Hiebe schienen sich tief in die Haut einzubrennen und lösten erst eine Welle des Schmerzes und dann eine Woge der Wärme aus. Schon zeigten sich die ersten Striemen, deren sattes Rot sich auf der hellen Haut besonders gut abzeichneten.

„Dir werde ich schon Pünktlichkeit beibringen!", schimpfte ihr Vater und holte zum nächsten Hieb aus. Wieder sauste der Rohrstock auf den wild zuckenden Po nieder.

„Und Gehorsam!" Wieder wurde Sabrinas Hintern von einem kräftigen Hieb getroffen.

„Ich werde dir das Ignorieren meiner Anweisungen austreiben!" Begleitet von einem wütenden Zischen sauste der Stock nieder.

Huuiitt – Klatsch!

Diesmal kreuzte der Hieb ein paar vorhandene Striemen, was den Schmerz bei Sabrina natürlich deutlich verschärfte. Das Geheul der so Gezüchtigten schwoll nun bei jedem neuen Schlag an. Ihr brennender Hintern zuckte wild hin und her und nur mit Mühe konnte sie sich zwingen, nicht aufzuspringen und wegzulaufen. Ihr Vater schlug unbarmherzig und hart zu, der Rohrstock biss böse in den Hintern der jungen Frau und hinterließ ein rotes Striemennetz.

Huuiitt – Klatsch! Huuiitt – Klatsch!

„Warum bekommst du den Hintern versohlt, Fräulein?", fragte Sabrinas Vater leise.
„W-w-w-weil i-ich zu spät heimgekommen bin", presste sie mühsam hervor.

Huuiitt – Klatsch!

„Auuuuaaaa, ooooh, tut das weh!"
„Warum bist du nicht pünktlich gewesen?"
„W-w-w-weil die Sti-Stimmung so gut war."

Huuiitt – Klatsch!

„Das war dir wichtiger als meiner Anweisung zu folgen?"

Huuiitt – Klatsch!

„Auuuuuuuaaaaaaa, auuuuuuuu, d-d-das brennt, oooooh! I-i-ich wollte nicht, dass mir die F-f-französischklausur den Abend verdirbt. I-ich wusste doch nicht, dass du so böse werden würdest."

„Na, dann erfährst du ja jetzt auf überaus schmerzvolle Weise, wie böse mich dein Verhalten macht!", höhnte er, „Schreib dir das gut hinter die Ohren, denn von heute an weht hier ein anderer Wind!"

Und weiter ging die Bestrafung, begleitet von Sabrinas immer lauter werdenden Geheule.

Huuiitt – Klatsch! Huuiitt – Klatsch! Huuiitt – Klatsch!

„Und 25", zählte ihr Vater schließlich. Langsam legte er den Rohrstock ab, während der Hintern seiner Tochter noch einige Zeit heftig hin und her zuckte.

„Ich hoffe, dass dir das eine Lehre sein wird! Bevor wir uns über deine anderen Manieren unterhalten, gönne ich dir eine kleine Pause. Also hoch mit dir und ab in die Ecke!"

„Was meinst du mit Manieren?", fragte Sabrina mit ängstlicher Stimme, während sie abwechselnd ihre Tränen aus dem Gesicht wischte und mit ihren Händen den Hintern rieb, der wie Feuer brannte.

„Na was meine ich wohl, he? Natürlich deine Angewohnheit, auf Partys Reizwäsche zu tragen und sie wer weiß wie vielen Jungs zu zeigen!", polterte ihr Vater.

„Aber…", begann Sabrina.

Klatsch! Klatsch!

Wieder trafen sie zwei harte Ohrfeigen und beendeten ihr Lamento.

„Deine Widersprüche werde ich dir auch noch austreiben, du freches Gör!", schrie ihr Vater sie an. „Du stellst dich jetzt dort in die Ecke und verschränkst die Hände über dem Kopf! Wenn ich auch nur einen Mucks höre oder du dich bewegen solltest, kriegst du eine zusätzliche Abreibung, dass dir Hören und Sehen vergeht!"

„Bitte nicht, Paps!", bettelte Sabrina mit vor Verzweiflung bebender Stimme, aber wieder trafen sie zwei schnelle Ohrfeigen.

„Bist du noch nicht in der Ecke!!!"

„Doch, doch", schluchzte sie, „I-ich gehe schon!"

Heulend stellte sich Sabrina in die Ecke. Seit einer Ewigkeit hatte sie ihren Vater nicht mehr so wütend erlebt. Ihre Dreistigkeit mit dem verspäteten Heimkommen nach der schlechten Note war ein schwerer Fehler gewesen, das sah sie jetzt ein. Aber dass er sie nun auch noch wegen ihrer Unterwäsche bestrafen wollte, ging doch wohl zu weit! Aber heute sollte sie ihm besser nicht mehr widersprechen und die weitere Bestrafung ohne Widerspruch hinnehmen, denn sonst würde sie noch viel mehr leiden müssen. Dabei brannte ihr Hintern immer noch wie ein wild loderndes Höllenfeuer! Sabrina spürte das Bedürfnis, die Schmerzen durch Reiben mit den Händen zu lindern, aber aus Angst vor einer Strafverschärfung riss sie sich zusammen und unterdrückte, wenn auch nur mühsam, den Impuls ihrer Hände. Von einer steigenden Angst erfüllt wartete sie auf die Fortsetzung ihrer Züchtigung.

Nach einer scheinbaren Ewigkeit war es soweit. Sabrina wurde von ihrem Vater heranzitiert.

„So, kleines Fräulein, dann wollen wir mal sehen, was du den Jungs noch alles zeigst. Zieh deine Bluse aus!"

Sabrina wollte wütend ablehnen, aber aufgrund ihrer Überlegungen während des Eckestehens schluckte sie ihren Protest hinunter. Stattdessen streifte sie mit zitternden Fingern ihre Bluse ab. Darunter trug sie einen Push-up-BH mit viel Stickerei und doppelten Schulterträgern. Nicht, dass Sabrina bei ihrer recht üppigen Oberweite einen Push-up-BH gebraucht hätte, aber sie liebte die staunenden und oft auch lüsternen Blicke, mit denen die Jungen auf ihre Bluse starrten. BH und Slip bildeten ein Set, deshalb waren die Muster aufeinander abgestimmt. Insgeheim gratulierte ihr Vater Sabrina zu so viel Geschmack, aber dennoch musste ihr frivoles Verhalten bestraft werden.

„So, so, auch Reizwäsche. Oben und unten wie eine Nutte gekleidet. Woher hast du das Geld dafür?"

„Das habe ich von meinem Taschengeld gespart", gestand Sabrina.

„Wenn dich die Jungs in Reizwäsche sehen wollen, sollen sie dir gefälligst welche kaufen. Bis auf weiteres ist dein Taschengeld halbiert!", bestimmte ihr Vater.

„Aber…", begann Sabrina.

Klatsch! Klatsch!

Der gleiche Fehler, die gleiche Antwort: Zwei harte Ohrfeigen!
„Wie lange treibst du es schon mit diesem Alexander?", wurde das Verhör fortgesetzt.

„Wir sind seit ungefähr sechs Monaten zusammen", log Sabrina. Natürlich wurde sie sofort durchschaut, die Lüge war einfach zu offensichtlich. Sabrina bemerkte die unheilvollen Zeichen im Gesicht ihres Vaters und beeilte sich, mit der Wahrheit herauszurücken: „Also…nein", stammelte sie, „Eigentlich sind wir erst seit, hm, na ja, also, vier Wochen so richtig zusammen."

„Und du hast ihm schon deine Süßigkeiten gezeigt?"

„Ja", druckste Sabrina verlegen herum, „Vor drei Wochen haben wir zum ersten Mal ein bisschen gefummelt und dann ging es immer so weiter."

„Was ging weiter? Habt ihr etwa schon gevögelt?"

„Paps, bitte!", rief Sabrina verzweifelt, „Ich bin doch schon 18 und er ist auch schon 20, wir sind volljährig und dürfen das doch. Ja", rief sie mit plötzlich aufkommendem Trotz in der Stimme, „Ja, wir haben Sex gehabt! Ihm zuliebe trage ich die schöne Wäsche, denn er fährt total darauf ab!"

„Was ist mit den anderen Jungs? Du hast vorhin zugegeben, dass du ihnen auch deine Unterwäsche zeigst."

„na ja, nicht so wirklich", wand sich Sabrina vor Verlegenheit. Wäre doch nur ihre Mutter nicht so früh verstorben, die hätte sie verstanden. Aber ihr Vater?

„Also", begann sie, „Ich bücke mich manchmal etwas –äh– ungünstig, dann blitzt mein Slip hervor und die Typen kriegen einen Steifen. Ihre Gesichter sind dann total komisch! Alexander und ich müssen immer das Lachen zurückhalten, aber hinterher schütten wir uns aus."

„Aha, so was treibst du also. Na warte, deine Zeigefreudigkeit werde ich dir austreiben. Für diese Ferkelei bekommst du 12 Hiebe mit dem Kochlöffel auf jeden deiner Schenkel. Marsch in die Küche und den Kochlöffel geholt!"

„Oh Gott", hauchte Sabrina, konnte aber einen Widerspruch gerade noch verhindern. Mit zitternden Knien ging sie in die Küche, wobei ihr Gang nicht mehr der einer stolzen, selbstbewussten jungen Frau war, die sich ihrer Schönheit vollkommen bewusst ist. Im Gegenteil, ihr Gang wirkte aufgrund der Rohrstockhiebe und in Erwartung der weiteren Schläge ziemlich unsicher.

Nachdem Sabrina mit dem Kochlöffel zurück war, musste sie ihren BH ablegen und sich, nur noch mit den hochhackigen Sandaletten bekleidet, vor das Sofa stellen und die Hände über dem Kopf verschränken. Ihr Vater setzte sich bequem auf das Sofa und betrachtete seine Tochter. Plötzlich schlug er zu.

Patsch!

Der Kochlöffel traf ohne Vorwarnung Sabrinas linken Schenkel.

„Auuuaaa!", schrie sie auf, während ihr Bein heftig zurückzuckte. Der Kochlöffel hinterließ einen feuerroten Fleck auf ihrem Schenkel, der fürchterlich brannte. Allerdings ließ der Schmerz sehr schnell nach.

Patsch! Patsch! Patsch!

Im Abstand von ungefähr einer Minute ließ er den Kochlöffel immer und immer wieder auf die nackten Schenkel seiner Tochter klatschen. Sabrina schrie nach jedem Schlag laut auf, zappelte mit den Beinen und bog ihren Körper hin und her. Tränen strömten über ihr Gesicht und sie bemühte sich verzweifelt, die vorgeschriebene Position nicht zu verlassen.

Patsch! Patsch!

Mal traf der Kochlöffel zweimal hintereinander den gleichen Schenkel, mal wurden sie abwechselnd gezüchtigt. Sabrina wusste nie, wo sie als nächstes getroffen werden würde.

Patsch! Patsch! Patsch!

Sie schnappte heftig nach Luft, ihre Schenkel brannten fürchterlich und überdeckten sogar die Schmerzen des Rohrstocks auf ihrem Hinterteil. Unbarmherzig und von den Qualen seiner Tochter vollkommen ungerührt, sauste der Kochlöffel weiter auf die jungen Schenkel nieder, wieder und wieder sorgte er für einen neuen roten Fleck.

Aber schließlich hatte Sabrina auch diese Züchtigung überstanden. Heulend rieb sie sich mit den Händen über die Schenkel. Ihr Vater gönnte ihr eine Atempause und wartete, bis sie sich wieder halbwegs beruhigt hatte. Dann befahl er ihr, sich wieder in die Ecke zu stellen. Heulend kam sie der Anweisung nach.

Nachdem Sabrinas Schluchzen schließlich verstummt war und für einige Zeit Ruhe geherrscht hatte, wurde die Bestrafung fortgesetzt. Wieder musste Sabrina vortreten.

„So Fräulein, wir kommen jetzt zum letzten Akt deiner heutigen Bestrafung. Ohne deine schlechte Note hätte es keinen befristeten Ausgang gegeben und ohne deinen Verstoß dagegen hätte ich deine Unterwäsche nicht zu Gesicht bekommen und nichts von deinen schamlosen ‚Spielereien' erfahren. Für die letzten beiden Vergehen hast du bereits deine Strafe bekommen, bleibt noch die Ahndung deiner schlechten Note. 25 mit dem Rohrstock werden dir hoffentlich beibringen, künftig mehr zu lernen!"

„Oh, Paps, bitte nicht, bitte, bitte nicht noch mehr Schläge!", flehte Sabrina. „Es kommt nie mehr vor, ganz bestimmt!"

„Halt den Mund und leg dich über den Sessel, aber dalli!", wurde sie angeherrscht.

„Aber…"

„Geht das schon wieder los!", schrie er.

Klatsch! Klatsch! Klatsch!

Ein wahrer Regen von Ohrfeigen ging auf Sabrina nieder. „Du kriegst jetzt 25 für deine miserable Note und weitere 25 für deine ewigen Widerworte! Und wenn du nicht gleich über dem Sessel liegst und deinen Arsch für den Rohrstock in die Höhe reckst, setzt es doppelt so viel!"

Wutschnaubend und mit vor Zorn hochrotem Gesicht griff ihr Vater zum Rohrstock. Sabrina erschrak fürchterlich über seinen Ausbruch und beeilte sich deshalb, die Strafposition einzunehmen. Diesmal nahm er keine Rücksicht mehr, dafür hatte Sabrinas Verhalten ihn zu sehr gereizt.

Huuiitt – Klatsch! Huuiitt – Klatsch! Huuiitt – Klatsch!

Wieder und wieder sauste der Rohrstock nieder und grub sich in das nackte Fleisch der jungen Frau. Sie japste nach Luft, ihr Hintern führte einen wahren Veitstanz auf. Verzweifelt klammerte sie sich an den Sessellehnen fest, denn sie wusste, dass sie auf gar keinen Fall aufspringen durfte. Sabrina hatte ihren Vater heute zu sehr gereizt und ein unerlaubtes Aufspringen würde daher fatale Folgen haben: entweder würde er von vorne beginnen oder, was wahrscheinlicher war, er würde von vorne beginnen UND die Strafe verdoppeln.

Huuiitt – Klatsch! Huuiitt – Klatsch! Huuiitt – Klatsch!

Immer tiefere Striemen riss der gelbe Onkel in den nackten Hintern. Sabrina schrie sich die Seele aus dem Leib, flehte um Gnade und wand sich wie ein Aal, um die Schmerzen irgendwie zu lindern. Aber nichts half. Unbarmherzig sauste der Stock weiter auf sie herab.

Huuiitt – Klatsch! Huuiitt – Klatsch! Huuiitt – Klatsch!

Wegen Sabrinas wildem Hin- und Herwackeln mit dem Hintern traf der Rohrstock auch immer wieder ihre Schenkel, was ihr besonders schmerzerfüllte, spitze Schreie entlockte. Schließlich hielt sie es doch nicht mehr aus und sprang auf.

„Was wird das denn?", tobte ihr Vater, „Sofort wieder über die Lehne, wir sind noch nicht fertig!"

„I-i-i-i-ich h-h-halte d-d-das n-nicht mehr aus!", heulte Sabrina.

„Übergelegt, oder ich fange von vorne an!", brüllte er.

„A-a-a-aber…"

„Bist du noch nicht über der Lehne!!"

Huuiitt – Klatsch! Huuiitt – Klatsch!

Zwei harte Hiebe trafen ihre nackten Schenkel. Sabrina sprang vor Schmerzen im Wohnzimmer hin und her. Plötzlich wurde sie von ihrem Vater im Nacken gepackt und über die Sessellehne gedrückt.

„Hier bleibst du jetzt liegen und WEHE!, du springst noch mal auf, bevor ich es dir erlaube!"

72

„Als Sabrina wild mit den Beinen strampelte, versetzte ihr Vater ihr mit der flachen Hand ein paar harte Schläge auf den Hintern. Als sie daraufhin noch wilder strampelte, knallte er ihr seine flache Hand noch mehrmals hinten drauf. Sabrina merkte, dass sie immer dann Schläge bekam, wenn sie sich wehrte, also zwang sie sich zur Ruhe. Mit übermenschlicher Kraft gelang es ihr endlich, halbwegs ruhig in der Strafposition zu verharren.

„Ist gut, Paps, ist gut", keuchte sie, „Ich habe verstanden! Bitte, bitte entschuldige, aber es hat so weh getan, ich habe es einfach nicht mehr ausgehalten. Ich versuche jetzt liegen zu bleiben, ganz ehrlich, aber bitte, bitte nicht von vorne anfangen, bitte, bitte nicht!"

„Na schön, diesmal will ich noch Gnade vor Recht ergehen lassen und keine Zusatzstrafe verhängen. Aber wehe, wenn du noch mal aufspringst! Zappeln kannst du, soviel du willst, aber hochkommen darfst du nicht! Beiß die Zähne zusammen, 17 Hiebe fehlen noch!"

„Ja, Paps, i-ich werde mich bemühen", stammelte Sabrina.

Huuiitt – Klatsch! Huuiitt – Klatsch! Huuiitt – Klatsch!

Ihr Vater nahm die Züchtigung wieder auf. Er verabreichte seiner wild schreienden Tochter die noch ausstehenden Hiebe, ließ Sabrina aber diesmal zwischen den einzelnen Schlägen etwas Zeit, um sich wieder zu beruhigen.

Huuiitt – Klatsch! Huuiitt – Klatsch! Huuiitt – Klatsch!

Endlich war auch diese Strafe vollzogen! Ein letztes Mal ließ
ihr Vater den Rohrstock auf Sabrinas Hintern klatschen, wobei
er seine gesamte Kraft in diesen Schlag legte. Sabrina stockte
erst der Atem, bevor ihr ein lang gezogenes
„Auuuuuuuuaaaaaaaa, auuuuuuuu, oooooooooh" entfuhr und
ihr Hintern einen wahrhaft obszönen Tanz aufführte.

„Du kannst hochkommen, deine Bestrafung ist vorbei", verkündete ihr Vater schließlich.

Mühsam kam Sabrina hoch und rieb mit ihren Händen wie wild
den Hintern, während die Tränen in Strömen über ihr Gesicht
flossen.

„Du wirst jetzt in dein Zimmer gehen und es in den nächsten
vier Wochen nur verlassen, wenn du ins Bad oder in die Schule musst!", ordnete er an. „Und damit du deine Zeigefreudigkeit zumindest in der nächsten Zeit etwas zügelst, wirst du in
den nächsten drei Wochen ohne Höschen zur Schule gehen!
Wenn du dich dann bückst oder diesen Alexander an dich ran
lässt, werden alle von deinen Striemen erfahren. Für ein Mädel in deinem Alter dürfte das megapeinlich sein. Aber mit
deinen geprügelten Schenkeln dürften Miniröcke wohl ohnehin
erst mal ‚out' sein."

Sabrina wurde blass. Daran hatte sie überhaupt noch nicht
gedacht. Wie sollte sie dass bloß Alexander erklären? Und
was sollte sie den anderen sagen, warum sie keinen Minirock
mehr trug?

„Marsch in dein Zimmer!", wurden ihre Gedanken von der Stimme ihres Vaters unterbrochen. Er gab seiner Tochter einen harten Klaps auf den tüchtig verstriemten Po, was sofort einen Schmerzensschrei hervorrief. Sabrina beeilte sich, in ihr Zimmer zu kommen. Dort warf sie sich immer noch nackt aufs Bett und heulte vor Schmerzen, Wut und Scham den Rest der Nacht hindurch. Als sie sich wieder beruhigt hatte, sah sie sich die Spuren von Rohrstock und Kochlöffel im Spiegel an und erschrak fürchterlich: Ihr Hintern war von einer Vielzahl blutroter Striemen überzogen, die kreuz und quer über ihre Sitzfläche verliefen. Das sah böse aus und würde Wochen dauern, bis es verheilt war. Der Kochlöffel hatte auf ihren Schenkeln viele inzwischen blaue Flecken hinterlassen. In diesem Moment schwor sich Sabrina, nur noch gute Noten zu schreiben und nie wieder eine Anweisung ihres Vaters zu missachten! So hart wollte sie nie wieder gezüchtigt werden!

Eile tut nicht gut

Wie ein Wirbelwind rannte Sabine durch das Haus. Schließlich stand das wöchentliche Treffen mit ihrer besten Freundin Martina an, und wie immer hatte sich Sabine mit der Zeit verkalkuliert. Nun war sie spät dran und suchte hektisch nach allerlei Gegenständen: Neben nützlichen Dingen wie Ihrer Handtasche, dem Portemonnaie und den Autoschlüssel auch diverse Sachen, deren Mitnahme einem Mann nicht mal im Traum einfallen würde.

Wie so oft stand Manfred, ihr Ehemann, Mal im Flur und beobachtete kopfschüttelnd das Geschehen.

„Du rennst hier wie ein kopfloses Huhn herum", lachte er.

„Ja, ja, lach du nur", kam es gereizt zurück, „Keine Ahnung, warum es schon wieder so spät ist, aber deine dämlichen Sprüche helfen mir jetzt auch nicht. Hol mir lieber eine Packung Pfefferminz, dann tust du wenigstens etwas Gescheites."

„Wozu brauchst du die Dinger denn?"

Sabine rollte mit den Augen und presste ein genervtes „Männer!" zwischen den Zähnen hervor.

Manfred tauchte wieder im Flur auf und hielt ihr die gewünschte Packung hin. „Wann wollt ihr euch denn treffen?"

„Wie immer um 14:30 Uhr, dann bekommt man im Parkhaus der Einkaufspassage immer einen Parkplatz."

Manfred warf einen Blick auf die Uhr und runzelte die Stirn: „Süße, das schaffst du beim besten Willen nicht mehr, es ist schon zehn vor Zwei!"

„Ja, mach ruhig weiter Stress", murmelte Sabine, während sie nach ihrer Handtasche griff, „Martina ist nie pünktlich und wenn ich mich beeile, werde ich nur ein klitzekleines bisschen zu spät sein."

Sie hauchte Manfred einen Kuss auf den Mund und war zur Tür hinaus, bevor er auch nur mit der Wimper zucken konnte. Innerlich belustigt trat er an das zur Garage zeigende Fenster. Er kannte diese Szenen purer Hektik, es war jede Woche dasselbe. ‚Warum kann Sabine nicht einfach mal eine Viertelstunde früher mit ihrem Styling anfangen?', fragte er sich bei diesen Gelegenheiten immer wieder, ‚Warum muss sie sich überhaupt aufbrezeln, es wird doch sowieso eine Einkaufstour mit anschließendem Kaffeekränzchen? Verstehe einer die Frauen!'

Noch während er über das Verhalten von Frauen im Allgemeinen und über das von seiner Sabine im Besonderen nachdachte, fuhr seine Frau mit dem Wagen rückwärts aus der Garage. Plötzlich stellten sich Manfreds Nackenhaare auf: „Zu schnell!", murmelte er, „Sie ist viel zu schnell!"

Noch bevor er diese Erkenntnis verarbeitet hatte, war es auch schon passiert: Beim Verlassen des Grundstücks im Rückwärtsgang hatte Sabine etwas zu früh das Lenkrad eingeschlagen. Nun passte der Winkel nicht mehr und der Wagen streifte mit dem Heck der Fahrerseite den Pfeiler bei der Einfahrt.

Manfred hörte durch die geschlossene Scheibe einen Schwall wilder Flüche, die Sabine begleiteten, während sie aus dem Wagen sprang und den Schaden begutachtete.

Manfred rannte ebenfalls hinaus. Seine bislang gute Laune war schlagartig ins Negative gedreht. Etwas derb schob er Sabine beiseite, um seinerseits den Schaden zu besichtigen.

„Eine Beule", sagte er mehr zu sich selber, „Eine Beule, und der Lack ist im Arsch. Da muss die ganze Seite neu lackiert werden, das wird teuer." Dann wandte er sich an Sabine und schnauzte sie an: „Warum hast du nicht aufgepasst?"

„Habe ich doch", gab sie schnippisch zurück. Ein Fehler, denn bei seiner jetzigen Laune konnte Manfred überhaupt nicht auf diesen unverschämten Tonfall.

„Ich sehe, wie gut du aufgepasst hast!", ätzte er auch sofort, „Deshalb haben wir ja auch nur eine Beule im Auto. Wenn du nicht aufgepasst hättest, wäre der Wagen jetzt wahrscheinlich Schrott, oder wie?"

„Ja, ja, lästere ruhig, aber ich war halt spät dran und da kann so etwas schon mal passieren.", erwiderte Sabine leicht genervt, „Ist doch nur ein Blechschaden. Aber jetzt muss ich unbedingt bei Martina anrufen und Bescheid geben, dass ich später kommen werde, und dann muss ich sehen, wie ich in die Stadt komme."

„Du kannst Martina sagen, dass aus eurem heutigen Treffen nichts wird. Sag ihr, dass du unseren einzigen Wagen demoliert hast und deshalb ganz bestimmt nicht zum Shoppen gehen wirst."

„Was? Aber – das ist unser wöchentliches Treffen, da muss ich hin!" Verständnislos starrte Sabine ihren Mann an.

„Heute nicht! Für diesen Schaden", damit zeigte Manfred anklagend auf die beschädigte Stelle am Auto, „musst du büßen und sonst gar nichts."

„Büßen? Wieso büßen? Was - meinst du?" Sabine ahnte Böses, denn nachdem sie ihrem Mann vor einigen Monaten ihre Leidenschaft für Spanking gestanden hatte, wurde es anfangs von ihm nur als Vorspiel für ihre sexuellen Aktivitäten genutzt. Schon bald hatte sich Sabine jedoch nach einer richtigen Bestrafung gesehnt, das erotische Spanking war ihr manchmal zu sanft, was vielleicht an ihrer beider Unerfahrenheit lag. Sie wollte eine wirklich strenge Wucht empfangen, wie damals von ihren Eltern. Also fing sie an, immer wieder kleine Dummheiten zu machen und Manfred zu provozieren, bis er ihr schließlich mit der Hand ordentlich das Höschen stramm zog. Das hatte beiden so gut gefallen, dass sie fortan für ihre ‚Vergehen' versohlt wurde, wobei im Laufe der Zeit immer neue Strafinstrumente eingesetzt worden sind. Sie genoss das Brennen der Schläge und die sengende Hitze auf ihrer Kehrseite. Das Strafspanking war für Sabine eine Abwechslung zum erotischen Spanking mit dem anschließenden Sex, und sie wollte keine der beiden Varianten missen. Zu sehr genoss sie die Auswirkungen der Hiebe, als dass sie durch Sex davon abgelenkt werden wollte. Aber heute war es etwas anderes, diesmal hatte sie unabsichtlich einen ziemlich großen Schaden angerichtet. Sabine war sich unsicher, wie Manfred nun reagieren würde. Seinem Gesichtsausdruck nach zu urteilen war er mehr als nur stinksauer, und wenn er sie für die Beule versohlen würde, dürfte es sehr, sehr schmerzhaft werden.

Manfred betastete noch immer den Blechschaden, als könne er dadurch die Schadenshöhe abschätzen. Plötzlich bemerkte er Sabine, die unschlüssig neben ihm stand.

„Was stehst du da so blöd rum?", schnauzte er sie an.

„Ich – ich weiß auch nicht", kam es zögerlich zurück, „Was kann ich denn machen?"

„Ruf Martina an und sag euer Treffen ab. Danach gehst du ins Haus und wartest, bis ich komme."

Sabine spürte, dass sie jetzt lieber keine Widerworte haben sollte. Also rief sie Martina per Handy an und unterrichtete sie über das Geschehen. Bevor ihre Freundin ein Endlosgespräch mit allen Details und das aus allen Blickwinkeln erzwingen konnte, unterbrach Sabine mit den Worten „Ich melde mich morgen bei dir!" das Gespräch.

Kaum hatte sie die Verbindung unterbrochen, stand Manfred neben ihr: „Die Beule dürfte kein Problem sein, aber es wird die ganze Fahrerseite neu lackiert werden müssen. Das wird nicht billig." Er fasste sie am Kinn und drehte ihren Kopf so, dass sie ihm in die Augen sehen musste: „Die Rechnung für die Reparatur wird teuer, und deshalb wirst du für deinen Fehler teuer bezahlen. Während ich den Wagen wieder in die Garage fahre und einen Termin mit der Werkstatt ausmache, wirst du dich für eine ordentliche Tracht Prügel bereitmachen. Wenn ich fertig bin, will ich dich mit griffbereitem Rohrstock nackt im Wohnzimmer haben. Hast du verstanden?"

Sabine spürte plötzlich einen gewaltigen Kloß im Hals. Jetzt war der Moment gekommen, in dem es mit dem Spanking ernst wurde und es nicht mehr um kleine, provozierte Vergehen ging. Bislang hatten die Bestrafungen einen gewissen spielerischen Aspekt gehabt, manchmal auch Experimentalcharakter, nämlich dann, wenn sie ein neues Züchtigungsinstrument ausprobiert hatten. Aber heute war es anders! Manfred war stinksauer; und wenn er sie jetzt züchtigen würde, dürfte dies das bislang schmerzhafteste Erlebnis ihrer erst kurzen Zeit als Spankee werden. Wie groß wohl der Unterschied zu den bisherigen Bestrafungen ausfallen würde? Sie konnte sich gut vorstellen, dass sich Manfred bislang wegen seiner eigenen Unerfahrenheit als Zuchtmeister bewusst oder unbewusst etwas zurückgehalten hatte, aber heute würde er das mit Sicherheit nicht tun. Sabine schluckte, denn sie spürte, dass sie an einem Scheideweg angekommen war und die angekündigte Bestrafung ihre Nagelprobe war: Ließ sie die Bestrafung zu, würde das ihre endgültige Hingabe an das Spanking bedeuten und Manfred erlauben, sie auch zukünftig hart zu züchtigen. Verweigerte sie sich aber jetzt, müsste er ihre bisher geäußerte Leidenschaft für das Spanking anzweifeln. Natürlich konnte sie die heutige Bestrafung ablehnen, aber wollte sie das auch? Sie liebte das erotische Spanking als Vorspiel für ihre Sexspiele ebenso wie die schmerzhaften

Bestrafungen ohne anschließende Liebesspiele. Allerdings war sie sich sicher, dass die nun auf sie wartende Strafe anders sein würde: Real, aus einem schwerwiegenden Anlass resultierend und fremdbestimmt, denn diesmal steuerte nicht sie das Geschehen. Konnte sie das akzeptieren? War Spanking ein Bestandteil ihres Wesens oder nur eine Bereicherung ihres Liebeslebens? Sie horchte tief in sich hinein und lauschte ihrer inneren Stimme.

Als Sabine für einen Moment aus ihren Gedanken erwachte, bemerkte sie Manfred, der einfach nur dastand und sie anschaute. ‚Habe ich etwa laut gedacht?', schoss es ihr durch den Kopf, und bei dem Gedanken erschrak sie. Forschend ließ sie ihren Blick über Manfreds Gesicht schweifen, der ihm standhielt. Aus seiner Mimik konnte sie keine Schlüsse ziehen, so dass ihre Frage unbeantwortet blieb.

Wieder spürte sie den dicken Kloß im Hals. Dann gab sie sich einen Ruck, schluckte mehrmals kräftig und ging ins Haus. Ohne weiter nachzudenken, zog sie sich vollständig aus, holte den Rohrstock aus dem Schrank und ging ins Wohnzimmer. Dort drapierte sie ein Handtuch über die Sofalehne, legte den Rohrstock auf den Tisch und stellte sich in die Ecke. Dort wartete sie, bis Manfred hereinkam und sie vor sich zitierte.

Es folgte eine geharnischte Strafpredigt, in der nicht nur ihre notorische Trödelei und die daraus resultierende und unkontrolliert ausgelebte Hektik zur Sprache kamen, sondern in der er auch die schlimmen Folgen aufzählte, die eine solche Hektik haben konnte. Er schloss mit den Worten „Sei froh, dass es nur ein Blechschaden an unserem Auto ist – es hätte genauso gut eine überfahrene rote Ampel und ein schwerer Unfall mit Verletzten oder gar Toten sein können! Eile tut nicht gut! Und damit du das auch verinnerlichst, werde ich es dir jetzt einbläuen!"

Das tat er dann auch! In der folgenden Stunde ließ er den Rohrstock wieder und wieder auf ihr nacktes Gesäß knallen, dass schon nach den ersten Hieben wild zu zucken begann. Er nahm sich viel Zeit und zeichnete ein sehr engmaschiges Schachbrettmuster auf Sabines Gesäß. Sie versuchte, die Strafe tapfer zu ertragen, aber die Schläge waren nicht nur härter als je zuvor, sondern auch viel zahlreicher. Ihr anfängliches Stöhnen steigerte sich zu immer lauter werdenden Schmerzensschreien. Dabei bebte ihr gesamter Körper und immer wieder musste sie den Impuls des Aufspringens und Wegrennens unterdrücken. Manfred erkannte die Gefahr und fesselte ihre Beine mit ihrer beiden Gürtel an die Sesselbeine. Ihre Schreie dämpfte er, indem er Sabine ihr eigenes Höschen in den Mund steckte. So präpariert ging die Züchtigung weiter. Dabei erwies sich Manfred bei allem Ärger über die teure Reparatur aber als gnädig, denn er machte immer wieder Pausen, in denen sie sich etwas beruhigen und wieder Kraft zum Durchhalten tanken konnte. Seine häufig gestellte Frage, ob sie aufgeben wolle, beantwortete sie wegen des Knebels stets mit einem Kopfschütteln, während sie die darauf folgende Frage, ob die Strafe weiter vollstreckt werden solle, mit einem kraftvollen Nicken bejahte. Sie wusste nicht, wie viele Hiebe er ihr zugedacht hatte, aber sie war gewillt, sie hinzunehmen. Sie konnte nicht ahnen, dass er keine konkrete Anzahl festgelegt hatte. Er wollte wissen, wie weit seine Frau zu gehen bereit war, und die Beule im Auto war eine gute Gelegenheit, dies unter Echtbedingungen in Erfahrung zu bringen. So wurde es für beide ein langer und lehrreicher, für Sabine zudem ein sehr schmerzhafter Nachmittag – an deren Ende sie nicht nur wegen der Schmerzen, sondern auch wegen des Anblicks ihrer striemenbedeckten Kehrseite zu der Erkenntnis gelangte, dass Eile nicht gut tut!

Bestrafung einer Verführerin

Die Schulzeit erfordert permanentes Lernen. Leider hat jede/r in dem einen oder anderen Fach seine Schwächen, sodass jede/r irgendwo um eine halbwegs akzeptable Note zu kämpfen hat. Besonders hart wird es in den Klassen 12 und 13, weil dann jede Note, auch die aus dem Zwischenzeugnis, in die Abiturnote einfließt. Hier heißt es dann, sich in jedem einzelnen Halbjahr erneut anzustrengen, um die Wissensdefizite auszugleichen.

Sonja hatte das erste Halbjahr der 12. Klasse zu einem guten Teil bereits hinter sich, als sie feststellen musste, dass sie sich ihren ansonsten guten Notendurchschnitt mit den Zensuren in den Fächern Mathematik und Physik verderben würde. Die eigentlich bestehenden Wahlmöglichkeiten, mit denen man seine Fächerbelegung selber zusammenstellen konnte, wurden durch besondere Regelungen eingeschränkt, sodass sie lediglich Physik würde abwählen können – aber erst nach der 12. Klasse. Das bedeutete, dass sie auf jeden Fall vier Mathematik- und zwei Physiknoten in ihr Abitur einbringen musste. Angesichts ihres derzeitigen Standes auf ‚Fünf' in beiden Fächern und damit der akuten Gefährdung ihres Abiturs keine besonders erfreuliche Aussicht.

Sonja war sich darüber im Klaren, dass sie besonders viel Lernaufwand betreiben müsste, um die Gefahr für ihr Abitur abwenden zu können. Für eine begeisterte Partygängerin keine schöne Zukunftsvision, zumal ihre Gedanken immer mehr um das andere Geschlecht zu kreisen begannen. Deshalb schmiedete sie einen Plan, wie ihn wohl schon so mache Schülerin ausgeheckt hatte: Sonja wollte sich ihr gutes Aussehen zunutze machen und ihren Lehrer verführen! Dass Herr Kramer sowohl ihr Mathematik- als auch Physiklehrer war und zudem etwas schüchtern wirkte, schien ihr Vorhaben zu erleichtern. Außerdem war sie vor zwei Wochen 18 Jahre alt und damit volljährig geworden, was natürlich auch Herr Kramer mitbekommen hatte. Damit, so war Sonja überzeugt, dürften Bedenken gegen ihre Avancen wegen ihres Alters leicht zu zerstreuen sein. Blieb nur die Frage, wie sie einen schüchtern wirkenden Lehrer verführen sollte.

Nach einem Wochenende intensiven Nachdenkens begann Sonja bereits am nächsten Schultag mit der ‚Operation Schulnote'. Da sie im Lehrerkollegium als unruhige Schülerin, die sich nur allzu leicht vom Unterricht ablenken ließ, galt, musste sie in jedem Fach in der ersten Reihe sitzen. Das kam ihr jetzt zugute und so begann sie, vor den nächsten Unterrichtsstunden bei Herrn Kramer ein paar zusätzliche Knöpfe an ihrer Bluse zu öffnen. Außerdem schlug sie während des Unterrichts immer öfter die Beine so langsam übereinander, dass aufgrund der fehlenden Sichtblenden an den Tischen für ihren Lehrer genug Zeit für tiefer gehende Einblicke war. Gepaart mit einem ständig anhimmelnden Blick verfehlte ihr Verhalten nicht sein Ziel: Bereits in der dritten Stunde wurde Herr Kramer auf Sonjas Verhalten aufmerksam. Nach der sechsten

Stunde, was Sonja als besonderes Zeichen empfand, bat er sie um ein vertrauliches Gespräch.

„Sonja, mir ist dein verändertes Verhalten aufgefallen. Du bewegst dich ausgesprochen lasziv, gewährst mir tiefe Einblicke in deine Intimzone, wackelst beim Gang an die Tafel mit deinem Hinterteil herum, als wenn du es besonders präsentieren wolltest. Was ist los mit dir?"

„Gefällt Ihnen, was Sie sehen?", hauchte Sonja und beugte sich zu dem am Lehrertisch sitzenden Kramer herunter, bis sie ihre Ellbogen auf dem Tisch aufstützen konnte. Nun hatte er einen ungehinderten Einblick in Sonjas weit aufklaffenden Ausschnitt. Er konnte deutlich die Ansätze ihrer Wonnehügel erkennen, die von dem spitzenverzierten BH nur mühsam gebändigt wurden.

„Es hat was", gab er sichtlich verlegen zu, „Aber was willst du damit erreichen?"

„Ich bin wahnsinnig verliebt in dich", flüsterte Sonja. Gleichzeitig ergriff sie seinen Kopf, beugte sich zu ihm herüber und küsste ihn wild.

Nur mit Mühe gelang es Herrn Kramer, sich aus ihrem Griff zu befreien. „Bist du verrückt geworden?!", herrschte er sie an. „Du solltest jetzt besser gehen. Wenn du dich in Zukunft wieder normal benimmst, werde ich diesen Vorfall vergessen!", erklärte er förmlich.

Natürlich dachte Sonja nicht daran, sich wieder ‚normal' zu verhalten. Im Gegenteil, in den nächsten zwei Wochen steigerte sie ihre Verführungsversuche sogar noch. Schließlich schien sie gewonnen zu haben: Herr Kramer bat sie für den kommenden Freitag nach Unterrichtsende in den Musikraum. Der war normalerweise verschlossen, aber Herr Kramer hatte wie alle Lehrkräfte einen Schlüssel, der zu allen Fachräumen passte.

,Super', dachte Sonja, ,Wenn er den Schlüssel von innen stecken lässt, kann uns keiner überraschen. Außerdem ist der Musikraum wegen des Unterrichts an den Instrumenten schallisoliert, sodass auch niemand durch Zufall etwas hören könnte. Der Mann denkt mit!'

Als sie sich zur vereinbarten Zeit im Musikraum einfand, wurde sie bereits von Herrn Kramer erwartet. Nach einer kurzen Begrüßung, bei der er nur mühsam einer innigen Umarmung entgehen konnte, kam er gleich zu Sache: „Du wackelst doch so gerne mit deinem süßen Arsch, nicht wahr?", fragte er mit sanfter Stimme. „Dann werde ich dir dazu jetzt ausreichend Gelegenheit geben. Zieh deinen Rock und dein Höschen aus und bück dich über den Lehrertisch."

Diese Aufforderung löste bei Sonja ein gewaltiges Kribbeln in ihrem Unterleib aus. Zwar wunderte sie sich, dass sie sich über den Lehrertisch bücken sollte anstatt sich draufzulegen, damit er von vorne in sie eindringen konnte, aber dann huschte wieder ein bewunderndes Lächeln über ihr Gesicht: ,Er hat Angst, dass ich schwanger werde und traut deshalb keinem Kondom. Er will mich anal nehmen, weil dann garantiert nichts passieren kann – und falls jemand Verdacht schöpfen sollte, kann ich jederzeit meine Jungfräulichkeit nachweisen und damit alle Verdächtigungen zerstreuen. Genial!', dachte sie. Eilig machte sie sich an die Umsetzung seiner Anweisungen, und dazu gehörte als Erstes das Ausziehen: Sie drehte sich um und begann aufreizend langsam den hinten angebrachten Reißverschluss ihres Minirocks zu öffnen. Dann drehte sie sich vorsichtig um und streckte die Arme weit nach oben. Dadurch wurden ihre schon prall entwickelten Brüste sehr stark betont. Herr Kramer konnte deutlich erkennen, wie die Nippel gegen den Stoff des BH und des T-Shirts drückten. Dem Abdruck nach zu urteilen mussten sie steinhart sein. Sonja begann, stehend mit ihrem ganzen Körper wie eine kriechende Schlange zu schlängeln. Durch diese vor dem Spiegel intensiv geübten raschen Bewegungen geriet der Rock schnell ins Rutschen und fiel schließlich ganz herab. Ohne hinzusehen trat Sonja aus dem danieder liegenden Kleidungsstück heraus. Nach einem kurzen provozierenden Streicheln ihrer Brüste kehrte sie Herrn Kramer erneut den Rücken zu. Dann hakte sie ihre Finger in das spitzenverzierte Nichts von einem Slip und zog ihn sich immer weiter bückend zu den Füßen herab. Bei ihren Füßen angekommen stieg sie langsam aus dem Stück Stoff heraus, richtete sich auf und ging langsam auf den Lehrertisch zu. Dort angekommen, beugte sie sich extrem langsam über die Tischfläche, wobei sie ihr T-Shirt bis zu den Brüsten hochzog, sodass ihre nackten Pobacken nun vollkommen frei dalagen und Herrn Kramer einladend anzulachen schienen.

Dieser hatte sich die Show von Sonja teils amüsiert, teils erregt angesehen. Ihm war klar, dass die junge Dame noch nicht verstanden hatte, dass ihr Plan nicht aufgegangen war und ihr nun eine sehr unangenehme Zeit bevorstand. Wie sie nun mit entblößtem Hinterteil vor ihm lag, konnte er sich ein paar längere Blicke auf ihre wohlgerundeten strammen Pobacken nicht verkneifen. Schließlich gab er sich aber einen Ruck und beschloss, mit der Bestrafung zu beginnen.

„Liegst du gut, Sonja?", fragte er mit fürsorglicher Stimme, während er in ihrem Rücken den zuvor in der Fensterbank deponierten Rohrstock zur Hand nahm.

Sonja hatte von dem Stock nichts bemerkt und gurrte daher mit betörender Stimme: „Oh ja, ich liege sogar sehr gut." Dabei wackelte sie herausfordernd mit ihrem Hinterteil. „Komm her, besorg es mir ordentlich!"

„Das habe ich vor", lächelte Herr Kramer süffisant. „Ich habe mir sogar vorgenommen, es dir sehr, sehr gründlich zu besorgen!" Damit ließ er den Rohrstock kraftvoll durch die Luft sausen.

Sonja hörte zwar das Pfeifen des Stockes, aber in ihrer Lüsternheit konnte sie das Geräusch nicht sofort einordnen. Deshalb wurde sie von dem Hieb, der gleich darauf ihr Hinterteil in voller Länge traf, vollkommen überrascht.

„AUA!!!", schrie sie und sprang auf, noch bevor der Schmerz seine volle Entfaltung erreicht hatte. Bevor sie sich jedoch vollständig aufgerichtet hatte, wurde sie erneut vom Rohrstock getroffen. Fuchsteufelswild fuhr sie herum und während sie mit beiden Händen kräftig ihre Kehrseite rieb, fauchte sie: „Spinnst du?"

„Keineswegs", entgegnete Herr Kramer lächelnd.

Dann sah Sonja den Rohrstock in seiner Hand. „Was…Was soll das?", stotterte sie irritiert und wirkte plötzlich nicht mehr so selbstsicher wie noch wenige Minuten zuvor.

„Das will ich von dir wissen! Also, was soll dein vulgäres Anbaggern bezwecken?"

„Ich…Nichts…Ich…Also, ich bin…bin in dich verliebt", stammelte Sonja und wurde zu ihrem eigenen Erstaunen bei diesen Worten rot. Ihr Lehrer bemerkte die Veränderung der Gesichtsfarbe ebenfalls. ‚Dann ist also doch noch ein Rest von Anstand in ihr vorhanden', dachte er. Laut fuhr er jedoch fort: „Unsinn! Du bist ganz bestimmt nicht in mich verliebt! Aber wenn ich mir deine Mathe- und Physiknoten so ansehe, kommt mir ein anderer Verdacht. Na, hat es nicht doch etwas mit deinen Noten zu tun?"

„N…Nein", kam nach einer kurzen Pause die zögerliche Antwort.

Blitzschnell sauste der Rohrstock durch die Luft und landete dieses Mal quer über der Vorderseite von Sonjas Oberschenkeln. Sofort trampelte sie wie wild auf der Stelle und stimmte dabei ein fürchterliches Gebrüll an, was aber wegen der schon erwähnten Lärmisolierung niemand außer ihrem Lehrer hören konnte

„Meine Geduld ist begrenzt", erklärte Herr Kramer mit freundlichem Tonfall. „Du solltest also besser gleich gestehen, weil es sonst noch schlimmer werden wird."

„Ich liebe Sie, das ist alles", schluchzte Sonja.

„Wie du willst!" Damit ergriff Herr Kramer ihren Arm und zog sie zu einem Stuhl. Sonja war vom Verhalten ihres Lehrers so verblüfft, dass sie nur leichten Widerstand leistete, der rasch gebrochen war. Herr Kramer zog sie quer über seine Knie. Während er mit einer Hand ihren Oberkörper nach unten drückte und gleichzeitig ihre Beine mit seinen eigenen Beinen festkeilte, kam ihr nacktes Hinterteil genau richtig zu liegen, um mit der Hand tüchtig ausgeklatscht zu werden. Und genau das tat Herr Kramer auch! Immer wieder schlug er kraftvoll zu. Schon nach sehr kurzer Zeit leuchtete der vorher helle Mädchenpopo in einem kraftvollen Rot.

„Aua, das tut weh, au!", heulte Sonja und versuchte, sich freizustrampeln. Herr Kramer hatte jedoch damit gerechnet und hielt sie mit eisernem Griff in der Strafposition. Währenddessen prasselte ununterbrochen Schlag auf Schlag auf das Mädchengesäß herab, bis Sonja es nicht mehr auszuhalten meinte und schrie: „Bitte aufhören, ich gestehe ja, ich gestehe!"

Sofort hörte Herr Kramer mit der Züchtigung auf. „Was willst du gestehen?", fragte er barsch.

„Bitte, bitte, nicht mehr schlagen!", bettelte Sonja mit tränenerstickter Stimme, „Ich gestehe ja!"

„Was willst du gestehen?", fragte Herr Kramer nochmals und ließ deutlich Ungeduld in seiner Stimme mitschwingen.

„Ich…ich wollte Sie verführen. Wegen meiner Noten. Ich mag Sie, wirklich, aber mir ging es nur um die Noten. Sonst hätte ich nicht versucht, Sie scharf zu machen, weil Sie doch ein Lehrer sind", schniefte Sonja.

„Na schön", erklärte Herr Kramer und erhob sich. Dabei registrierte er zufrieden, dass Sonja ihn bereits wieder siezte. „Dann hätten wir das also geklärt. Das ein solches Verhalten nicht straffrei bleiben kann, ist dir doch hoffentlich klar, oder?"

„Was…was haben Sie jetzt vor?" fragte Sonja schüchtern, wobei die Angst in ihrer Stimme deutlich zu hören war. Sie wagte nicht, ihren Lehrer anzusehen, und starrte deshalb mit hochrotem Kopf auf den Boden.

„Dein Verhalten ist in keiner Weise akzeptabel. Es gibt daher zwei Möglichkeiten: Entweder melde ich deinen Verführungsversuch der Schulleitung, dann fliegst du noch heute von der Schule."

„O nein, bitte nicht!", unterbrach ihn Sonja mit vor Angst weit aufgerissenen Augen. „Mein Vater schlägt mich windelweich, wenn er von meinem Verführungsversuch erfährt! Und wenn ich von der Schule fliege, wird er mich jeden Tag durchprügeln! Bitte, bitte, keine Meldung an die Schulleitung!" Ihre Stimme überschlug sich fast vor Verzweiflung.

„Die zweite Möglichkeit wäre, dass ich dir auf der Stelle ein besseres Benehmen beibringen würde. Der gelbe Onkel hier", dabei schlug er mit dem Rohrstock sanft in seine flache Hand, "würde mir dabei tüchtig assistieren."

Sonja wurde immer blasser. Nachdem sie ein paar Mal kräftig geschluckt hatte, fragte sie ängstlich: „Wie…wie tüchtig?"

„Angesichts des Zeitraumes deiner Verführungsversuche und angesichts der Intensität hast du dir fünfzig scharfe Hiebe verdient."

„Oh", hauchte sie und sog entsetzt die Luft ein. „Das ist…sehr viel."

„Es ist deine Entscheidung", entgegnete Herr Kramer. „Entweder sofort fünfzig scharfe Hiebe und dein nuttiges Benehmen ist vergessen, oder du fliegst von der Schule. Wie war das doch gleich", Er tat, als müsse er nachdenken: „Dein Vater würde dich erst windelweich schlagen und dann jeden Tag durchprügeln, hast du das nicht gesagt? Dieser Aussicht stehen fünfzig scharfe Rohrstockhiebe gegenüber. Es ist deine Entscheidung, aber du solltest das kleinere Übel wählen. Aber vielleicht nimmt dein Vater ja keinen Rohrstock zu Hilfe und klatscht dich nur mit der Hand aus, was natürlich nicht so schmerzhaft wäre."

„Nein", flüsterte Sonja, „Er würde den Rohrstock nehmen. Bei einem Schulverweis wegen Verführung eines Lehrers würde er garantiert keine Gnade kennen."

„Es wäre schön, wenn du dich möglichst schnell entscheiden würdest, weil ich nicht den ganzen Tag mit einem dummen Gör wie dir vertrödeln will."

„Wenn Sie mich jetzt bestrafen, ist alles vergeben und vergessen?", fragte Sonja schüchtern nach.

„Das habe ich doch bereits gesagt. Ich stehe zu meinem
Wort."

„Fünfzig Hiebe?"

„Fünfzig scharfe Hiebe", korrigierte Herr Kramer.

„Gu…gut", hauchte Sonja. „Dann bestrafen Sie mich bitte."

„Einverstanden. Zieh dich ganz aus uns leg dich wieder über
den Tisch."

Sonja kam der Aufforderung nur zögerlich nach. Ganz offensichtlich hatte sie nun, da ihr Plan nicht funktioniert hatte, mit
der Kontrolle über die Situation auch ihre Selbstsicherheit
verloren. Natürlich machte ihr auch die angekündigte Strafe
Angst, aber das war immer noch viel besser, als wenn sie
ihrem Vater den Grund für einen Schulverweis erklären müsste.

Schließlich lag sie nackt über dem Lehrertisch. Herr Kramer
nahm seitlich von ihr Aufstellung und visierte mit dem Stock
das vor ihm liegende Hinterteil an. Dann holte er aus und
schlug zu!

„Auaaaa!", heulte Sonja sofort los. Nur mühsam konnte sie
den Impuls, aufzuspringen und wegzulaufen, unterdrücken.
Auf ihrem noch von den Handklatschern gerötetem Gesäß
gesellte sich eine tiefrote Strieme zu den beiden von vorhin
schon vorhandenen hinzu.

Herr Kramer wartete, bis sich Sonja wieder beruhigt hatte.
Dann holte er erneut aus und wieder wurde der Mädchenhin-

tern hart getroffen. Erneut erschallte ihr lauter Schmerzensschrei.

So ging es weiter und weiter. Mit zunehmender Anzahl von verabreichten Hieben schwoll ihr Geschrei an und wurde schließlich von einer wahren Tränenflut begleitet. Außerdem begann ihr Hinterteil nach jedem Hieb wie wild hin und her zu wackeln. Längst schon war Herr Kramer dazu übergegangen, ihr neben Längs- auch Querhiebe zu verabreichen. Damit war es unvermeidbar, dass sich Striemen überschnitten, was für die Delinquentin besonders unangenehm war. Entsprechend laut war dann auch der dazugehörige Schmerzensschrei.

Herr Kramer nahm sich sehr viel Zeit für die Züchtigung seiner Schülerin. Zum einen wollte er, dass sie sich nach jedem Hieb wieder weitestgehend beruhigt hatte, um die Schmerzen des folgenden Schlages voll auskosten zu müssen. Zum anderen bereitete es ihm aber auch ein großes Vergnügen, diesem durchtriebenen Biest den wohlgeformten Hintern gründlich zu verstriemen.

Sonja bemerkte von alldem nichts, sie war viel zu sehr mit den Schmerzen und dem wild lodernden Feuer auf ihrer Kehrseite beschäftigt. Falls ihre Gedanken einmal nicht um die Schmerzen kreisten, bemühte sie sich verzweifelt, nicht aufzuspringen, weil sie für einen solchen Fall ganz fest mit einer Strafverschärfung rechnete. Zweimal war sie schon halb aufgerichtet gewesen, aber im letzten Moment wurde ihr bewusst, was sie da gerade tat, und sofort zwang sie sich wieder auf den Tisch herunter. Sie heulte wie ein Wasserfall und inzwischen lief ihr auch der Rotz aus der Nase. Sie registrierte das zwar, aber es war ihr egal. Immerhin lag sie splitternackt über einem Tisch, wurde mit einem Rohrstock gründlich durchgehauen und heulte dabei so laut wie ein kleines Kind – was machte da schon der Austritt von Flüssigkeit aus der Nase aus?

Es dauerte weit mehr als eine Stunde, bis Sonja die fünfzig Hiebe aufgezählt waren. Als sie sich endlich aus ihrer unbequemen Stellung erheben durfte, stand sie mit recht wackligen Beinen vor Herrn Kramer, der noch immer den Rohrstock in der Hand hielt und mit der Spitze leicht in die andere Hand tippte. Sonja erinnerte die Bewegung des Rohrstocks an ihre gerade erhaltene Tracht Prügel. Anfangs war sie so nervös, dass sie sofort leicht zusammenzuckte, wenn sich der Rohrstock bewegte. Herr Kramer registrierte amüsiert ihre Angst.

„Du brauchst nicht mehr zu zittern", beruhigte er sie. „Du hast deine Strafe verbüßt. Allerdings", dabei drehte er ihre Rückseite zu sich, „bist du offensichtlich keine so harten Schläge gewohnt. Dabei dachte ich, dass dich dein Vater auch züchtigen würde. Oder hast du vorhin gelogen?"

„Nein, habe ich nicht", hauchte Sonja verschämt. „Mein Vater nimmt fast nur den Ledergürtel, den Rohrstock gibt es nur bei schweren Vergehen."

„Ach so. Das erklärt, warum an manchen Kreuzungspunkten von Striemen kleine Blutstropfen sichtbar sind. Beug dich etwas nach vorne, damit ich sie dir wegwischen kann." Als er Sonjas Zögern bemerkte, sah er ihr in das ängstliche Gesicht:

„Keine Sorge, du bekommst keine Schläge mehr. Vorausgesetzt natürlich, dass du gehorchst."

Sonja nickte und beugte sich vor. Herr Kramer feuchtete am Waschbecken ein Taschentuch an und säuberte ihren Po von den Blutspuren.

„Um sicherzugehen, dass nicht doch noch etwas Blut nachläuft und dein Höschen beschmutzt, solltest du mit dem Anziehen noch etwas warten. Das passt sich aber ganz gut, denn so hast du genug Zeit, dich dort drüben in die Ecke zu stellen und über dein Vergehen nachzudenken."

Als Sonja aufbegehren wollte, hob Herr Kramer kurz den Rohrstock und blickte ihr fest in die Augen. Sie verstand die Geste, und augenblicklich erstarb ihr Widerstand. Ohne weitere Diskussion ging Sonja in die angezeigte Ecke und stellte sich hinein.

Im Verlaufe der nächsten anderthalb Stunden korrigierte Herr Kramer eine Klassenarbeit, während Sonja still und ergeben in der Ecke stand. Zwar begannen ihre Beine nach einiger Zeit zu schmerzen, aber mit Ausnahme einer gelegentlichen Gewichtsverlagerung von einem Bein auf das andere wagte sie nicht, sich zu bewegen oder gar einen Laut von sich zu geben.

Endlich war er mit der Korrektur fertig und erlaubte Sonja, vorzutreten.

„Ich hoffe, dass du deine Lektion gelernt hast!"

„Ja, Herr Kramer", antwortete Sonja und schluckte schwer.

„Und was hast du gelernt?"

„Dass ich… dass ich keinen Lehrer verführen darf und mir gute Noten durch Lernen verdienen muss", flüsterte Sonja und schielte ängstlich zu Herrn Kramer hin. Sie hatte furchtbare Angst, dass eine falsche Antwort weitere Schläge nach sich ziehen könnte.

„Sehr gut", lobte er sie, was in Sonja ein Gefühl unendlicher Erleichterung hervorrief. „Dann kannst du dich jetzt anziehen und nach Hause gehen. Ab morgen hast du dann Gelegenheit zu beweisen, dass du deine Lektion wirklich gelernt hast. Und jetzt: Raus mit dir!"

Sonja beeilte sich, ihre Kleidung überzuwerfen und den Musikraum zu verlassen. Diesen Tag würde sie in ihrem ganzen Leben nicht vergessen!

Studentin auf Abwegen

Es war im Januar kalt geworden. Das Thermometer zeigte knapp unter null Grad, was im Vergleich zu den überraschend milden Temperaturen des Dezembers die gefühlte Kälte nur verstärkte. Dazu der eiskalte Wind, der durch die Straßen strich und durch die dickste Kleidung drang. Umso mehr fror Sandra, die ihren Kleinwagen unweit der Markthalle geparkt hatte und froh war, in ihrer sehr knappen Bekleidung die Halle erreicht zu haben.

‚War wohl ein Fehler, ausgerechnet im Januar als Nutte anfangen zu wollen', dachte sie beim betreten der Markthalle schlotternd vor Kälte. Immerhin schützten sie die Mauern des Gebäudes vor dem unbarmherzigen Wind. Trotzdem bereute sie ihren Entschluss, aber ihre finanzielle Lage ließ sie keinen anderen Ausweg erkennen: Die Studiengebühren für das laufende Semester mussten in ein paar Tagen bezahlt werden, der Vermieter hatte die Miete für ihre Einzimmerwohnung saftig erhöht und die benötigten Bücher waren diesmal nicht nur zahlreicher, sondern vom Preis her deutlich teurer als in den vorangegangenen Semestern. Zu allem Überfluss hatte ihr kleines Auto, mit dem sie zur Uni fahren musste, einige Reparaturen gebraucht, die verdammt kostspielig waren. Nein, die finanzielle Lage war nicht nur angespannt, sie war aussichtslos. Rettung hätte ein Studentenjob bringen können, aber ausgerechnet jetzt war nirgendwo etwas frei. Kein Wunder, im Winter kamen keine Touristen, also brauchten die Gaststätten

100

keine kostengünstigen Helfer. In ihrer Verzweiflung hatte sich Sandra daran erinnert, vor einiger Zeit gehört zu haben, dass ältere Schulmädchen und auch Studentinnen in der Markthalle ihren Körper anboten und für Geld Männer befriedigten. Nun war eine Arbeit als Prostituierte das Letzte, was Sandra wollte, aber nachdem ihr Vermieter sie ziemlich ungehalten auf die rückständigen Mieten aufmerksam gemacht hatte, stand ihr Entschluss fest: Sie würde ihr Glück in der Markthalle versuchen. Ein Blick in den Spiegel überzeugte sie, dass sie gut aussah. Ihr Kleiderschrank offenbarte ihr eine ganze Reihe von wunderschönen Strümpfen und Dessous, die noch aus ihren letzten beiden Schuljahren stammten. Damals hatte ihr Vater noch Arbeit gehabt und ihr ein üppiges Taschengeld gegeben, aber nachdem ,sein' Werk innerhalb weniger Monate geschlossen worden war, lebten ihre Eltern von Hartz IV. Sie kamen mehr schlecht als recht über die Runden, so dass von dort keine Hilfe zu erwarten war.

Nun also war die Stunde der Wahrheit gekommen und sie stand leicht bekleidet in der Markthalle, bereit, ihren Körper für das dringend benötigte Geld zu verkaufen. Die Kälte war ihr draußen unter den schwarzen Rock, der im Stehen gerade noch ihren wohlgeformten Po bedeckte, gekrochen und hatte den schmalen Hautstreifen zwischen dem Ende der halterlosen Strümpfe und dem Anfang des knappen Slips in ein kaltes, taubes Stück Fleisch verwandelt. Unter ihrer fast durchsichtigen Bluse überzog eine Gänsehaut ihren Körper, wobei sich Sandra nicht sicher war, ob diese alleine von der Kälte

oder auch von der Furcht vor der unbekannten Arbeit herrühr-
te. Zwar war sie in punkto Sex weder unerfahren noch eine
Kostverächterin, aber als Prostituierte zu arbeiten war etwas
anderes als nach einer Party mit einem Typen ins Bett zu gehen. Oder es anderswo zu treiben, sie war da sehr flexibel.

Die Spitzen ihres kleinen festen Busens hatten sich unterdes-
sen wegen der Kälte aufgerichtet und drängten kraftvoll gegen
den dünnen Stoff des BH, durch dessen Spitze die Warzenhö-
fe deutlich erkennbar schimmerten und für jeden Betrachter
eine Verheißung darstellten.

‚Die steifen Nippel könnten eine gute Werbung sein', schoss
es Sandra durch den Kopf, ‚dann ist die Kälte vielleicht sogar
zu etwas nütze'. Bei diesem Gedanken musste sie unwillkürlich lächeln, während sie sich bemüht langsam in den von ihr
schon vor Tagen ausgespähten Bereich begab. Hier waren
zwar kaum Stände, aber aus irgendeinem Grund liefen hier
viele Kunden entlang. Und um diese Zeit waren fast alle Kunden männlich. Zudem hatte Sandra von ihrer Position einen
guten Überblick über die nähere Umgebung und könnte, falls
ein bekanntes Gesicht auftauchen sollte, sofort hinter einem
der großen Kistenstapel in ihrem Rücken untertauchen. Ja, die
Stelle war für ihr Vorhaben optimal. Wenn es nur nicht so kalt
wäre! Immerhin hatten die Händler kleine Radiatoren oder
andere Wärmequellen in ihren Buden und an ihren Ständen
aufgebaut, so dass es im Vergleich zu den Außentemperatu-
ren deutlich wärmer war.

102

Nach ein paar sehnsüchtigen Gedanken an einen heißen Kaffee besann sich Sandra auf ihre ‚Arbeit' und nahm ein paar Posen ein, von denen sie annahm, dass auch Prostituierte sie einnehmen würden. Schon bald registrierte sie die ersten neugierigen und manchmal auch lüsternen Blicke.

Plötzlich zischte es hinter ihr: „Pst!"

Als sie nicht sofort reagierte, ertönte das Geräusch erneut, diesmal etwas lauter. Sandra drehte sich um und sah in etwa fünf Meter Entfernung einen etwa vierzigjährigen Mann stehen.

„Wie viel?"

Ihr erster Kunde! Vor Schreck blieb Sandra fast das Herz stehen, denn ihr erstes ‚Geschäftsgespräch' begann anders als in ihrer Vorstellung. Außerdem wurde es jetzt richtig ernst, denn wenn sie sich darauf einließ, würde es kein Zurück mehr geben. Vor ihrem inneren Auge tauchten die Gesichter ihrer Eltern auf und nur mühsam konnte sie die Tränen unterdrücken. ‚Verzeiht mir!', dachte sie stumm. Dann wandte sie sich dem Freier zu: „Was möchten sie äh du denn?"

„Abspritzen", war die lapidare Antwort.

„Okay", erwiderte Sandra gedehnt, „wie wäre es mit dreißig Euro?"

„Dreißig? Für eine Anfängerin? Ganz schön happig, oder?"

„Wie kommst Du darauf, dass ich Anfängerin bin?" Die Entrüstung in ihrer Stimme klang nicht glaubwürdig.

„Na, das sieht man doch sofort! Dein Auftreten ist ziemlich unbeholfen, deine Ausstrahlung gleich Null und deine Klamotten so lala. Eben wie eine Anfängerin."

Sandra ignorierte die Vorwürfe. Sie beschloss stattdessen offensiver zu werden.

„Ich bin richtig gut im Bett", gurrte sie, „ich kann dich richtig zum Träumen bringen."

„Mach mal halblang, Mädel!", unterbrach sie der Freier, „ich will kein Liebesgesäusel, sondern einfach nur ne Nummer schieben und abspritzen. Kapierst du das? Also: Wie viel?"

„Nun ja, für dreißig Euro blase ich dir einen", schlug Sandra vor und unterdrückte den bei diesem Gedanken aufkommenden Ekel.

„Nur blasen?" Der Freier setzte ein enttäuschtes Gesicht auf. „Für dreißig Euro willst du nicht mehr machen? Da sind die anderen Anfängerinnen aber um Längen besser drauf als du!"

„Na gut", erwiderte sie gedehnt, „was willst du?" Langsam ging ihr der Kerl auf die Nerven und sie hoffte, dass er ihr das nicht anmerken würde.

„Erst ficke ich dich in den Arsch und dann lutscht du meinen Schwanz sauber. Für dreißig Euro. Das wäre ein Deal!"

„Was meinst du mit ‚Sauberlutschen'? Mein Po ist sauber! Außerdem schützt das Kondom deinen…äh… Schwanz."

„Wieso Kondom? Das ist doch scheiße, überhaupt nicht gefuhlsecht!", ereiferte sich der Freier, „Ne, ne, Süße, wir machen echten, unverfälschten Sex, ganz ohne Kondom."

„Aber…", Sandra war jetzt der Verzweiflung nahe. So hatte sie sich die Arbeit als Prostituierte nicht vorgestellt. Irgendwie schien gerade alles aus dem Ruder zu laufen. Plötzlich wollte sie nur noch weg: Weg von dem Freier, raus aus der Markthalle, am liebsten raus aus der Stadt. Sie bereute nun bitterlich ihren Versuch, mit sexuellen Diensten ihre leere Kasse füllen zu wollen. Nein, das war nicht ihre Welt, das war ganz und gar nicht ihre Sache. Aber wie sollte sie aus der Situation herauskommen?

Schon drängte der Freier ungeduldig: „Na los, komm schon, zier dich nicht so lange. Denk an das Geld! Dahinten ist eine hübsche ruhige Ecke, wo ich es dir besorgen kann. Es wird dir gefallen!"

„Nein!", keuchte Sandra und war selber von ihrem Mut überrascht. Dann wiederholte sie ihr ‚Nein' und fügte hinzu: „Ich will nicht mehr. Lassen Sie mich in Ruhe. Bitte!"

„WAS?", rief der Freier mit nun leicht erhobener Stimme. „Hör mal Süße, erst machst du mich geil und dann zierst du dich? Haste etwa einen moralischen? Nee, nee, du, so läuft das nicht! Jetzt wird gefickt und danach kriegste dein Geld. Aber wegen deiner ganzen Rumzickerei ist nur noch ein Zwanziger drin!"

„Nein!" Auch Sandra war nun etwas lauter geworden.

Es folgte ein heftiger Schwall von wüsten Beschimpfungen seitens des Freiers. Dann griff er nach Sandras Arm: „Los, komm jetzt du Schlampe, ich habe keine Lust, meine Zeit mit einer Nutte zu vertrödeln." Dabei zog er sie in Richtung der dunklen Ecke, um sie dort zu nehmen.

„Nein, bitte, das ist ein Missverständnis!", bettelte jetzt Sandra, die dem Griff des Mannes nichts entgegenzusetzen hatte und sich schor, ihre ‚Karriere' als Hobbyhure zu beenden, sobald sie aus dieser Lage heraus wäre.

„Ein Missverständnis?", höhnte der Freier, „Du packst es wohl nicht, was? Bist du nur zu dumm, um die Beine breit zu machen, oder bist du von jetzt auf gleich zum Moralapostel mutiert?"

„Ich…"

Weiter kam sie nicht, denn aus dem Schatten eines Warenstapels trat plötzlich ein stämmiger Mann. Sein graues Haar war kurz geschnitten und seine muskulösen Arme steckten in einem fleckigen T-Shirt. Sandra erkannte in ihm einen der Händler, der ganz in der Nähe seinen Stand hatte.

Bevor sie etwas sagen konnte, packte der Händler den Freier am Kragen und zog ihn von Sandra weg. Noch bevor der Freier protestieren konnte, funkelte ihn der Händler böse an und knurrte: „Das reicht jetzt! Niemand vergreift sich an meiner Nichte! Also verpiss dich, oder ich mache dich fertig!"

Der Freier musterte den Händler nur kurz, dann nickte er zum Zeichen der Aufgabe. Als der Händler ihn losließ, drehte er sich um und ging schnellen Schrittes weg. Gleich darauf war er zwischen den Warenstapeln und Ständen verschwunden.

Der Händler drehte sich zu Sandra um: „Jetzt zu dir, du Früchtchen!"

Sandra starrte ihn mit großen Augen an: „Wieso Nichte? Ich kenne sie doch gar nicht!"

Jetzt musste der Händler lächeln.

„Stimmt, du bist auch nicht meine Nichte. Aber das wissen wir, nicht der Kerl von eben. Für ihn ist jetzt klar, warum ich eingeschritten bin."

„Und warum sind sie wirklich dazwischen gegangen?"

„Weil du nicht wie eine richtige Nutte aussiehst, eher wie ein gut erzogenes Ding, das auf Abwege geraten ist. Und dabei gleich an einen widerlichen Typen geraten ist. Dir ist schon klar, dass du diesmal Glück gehabt hast, oder? Dass du jederzeit wieder an Typen wie den von eben oder sogar noch schlimmere geraten kannst?"

„Ja, das weiß ich jetzt auch", murmelt Sandra, „ich habe die Risiken gewaltig unterschätzt. Deshalb höre ich auch auf!"

„Aufhören – womit?"

„Damit, als...als...Hure...Geld verdienen zu wollen." Sandra fiel es schwer, über ihre eben noch angestrebte berufliche Betätigung zu sprechen.

„Das ist vernünftig!", lobte sie der Händler. „Komm mit zu meinem Stand, da kriegst du einen Kaffee, den scheinst du bei der Kälte nötig zu haben."

Erst jetzt bemerkte Sandra die Gänsehaut, die deutlich auf ihren nackten Armen zu sehen war und nicht von dem gerade Erlebten stammte.

„Außerdem", fuhr der Händler fort, „kannst du mir dabei deine Geschichte erzählen. Und keine Sorge: Mein Stand hat einen

Raum, der von außen durch eine dicke Decke abgetrennt wird, da sieht dich niemand in deinem Aufzug."

Noch unter dem Eindruck des Erlebnisses mit dem unverschämten Freier wollte Sandra eigentlich nur noch weg, aber der Händler wirkte nett und hatte ihr zudem gerade geholfen. Auch die Aussicht auf einen heißen Kaffee lockte sie, und so folgte sie dem Mann zu seinem Stand. Dort berichtete sie ihm von ihrer Situation und der finanziellen Notlage. Zudem bekräftigte sie ihre Absicht, nie wieder als Prostituierte arbeiten zu wollen.

„Wie willst du jetzt dein Geldproblem lösen?"

„Ich weiß es nicht." Dann fiel ihr ein, dass sie sich noch nicht bei dem Mann bedankt hatte: Rasch beugte sie sich zu dem Händler hinunter und hauchte ihm einen Kuss auf die Wange. Dabei murmelte sie das längst überfällige „Danke!". Plötzlich ritt sie der Teufel und sie fügte ein „Danke, Onkel!" hinzu.

Der Händler lachte schallend auf: „Sei froh, dass du nicht wirklich meine Nichte bist! Dann würdest du dich nämlich umgucken!"

„Was...wieso?" Verwirrt schaute sie ihm ins Gesicht. Dann kam ihr ein Verdacht: „Sie würden es dann meinem Vater erzählen, nicht wahr?"

Wieder lachte der Händler auf, aber nur kurz. Dann wurde er ernst: „Nein, meinem Bruder würde es das Herz brechen, wenn seine Tochter auf den Strich gehen oder auch nur daran denken würde. Aber ich würde dir höchstpersönlich den Arsch so voll hauen, dass du garantiert mehrere Tage Sitzprobleme haben würdest!"

„Ja", murmelte Sandra verlegen, „verdient hätte ich es. Und wenn mein Vater von meinem...hm ...Ausrutscher...erfahren würde, wäre ich eine schlimme Enttäuschung für ihn. Ganz gleich, warum ich es machen wollte: Manche Dinge tut man einfach nicht, das ist immer schon seine Meinung gewesen."

„Tja, Mädchen, dann sei froh, dass du weder meine Nichte bist noch dein Vater es jemals erfahren wird – sofern du es ihm nicht doch beichten wirst."

„Nein, das kann ich nicht, es würde ihn zu sehr verletzen! Außerdem muss Ich selber erst mal sehen, wie ich damit klarkomme."

„Immerhin ist nichts passiert."

„Ja, aber beinahe schon – ich habe wahnsinnig viel Glück gehabt!"

„Das stimmt, aber jeder macht mal einen Fehler. Deiner war eben etwas schwerer, aber dafür hat er dir eine wichtige Erfahrung und neue Erkenntnisse gebracht! Zumindest hoffe ich das für dich!"

„Ja, stimmt schon, aber früher habe ich für ein Vergehen den Hintern versohlt bekommen und danach war alles wieder gut. Als Erwachsene ist das nicht mehr möglich, deshalb muss ich irgendwie anders mit meiner...hm, na ja,   Verfehlung klarkommen."

„Das ist nicht gesagt", entgegnete der Händler und schaute sie prüfend an, „Auch als erwachsene Frau kannst du ordentlich den Hintern voll kriegen! Ich bin gerne bereit, deine Bestrafung zu übernehmen, du musst nur ja sagen. Aber denk dran: Du wirst dann gewaltige Sitzprobleme haben!" Spielerisch drohte er ihr mit dem Zeigefinger und fügte spöttisch hinzu: „Und als meine Nichte würde ich dich besonders hart bestrafen!"

Unwillkürlich musste Sandra lächeln. Dann antwortete sie in dem gleichen neckischen Tonfall: „Eine gute Idee - Onkel!"

„Dann willst du also den Arsch voll kriegen?"

Sandra schluckte, aber schließlich nickte sie tapfer und meinte im Brustton der Überzeugung: „Ja, das habe ich mehr als verdient!"

„Na, dann komm mal mit!"

Nun sah sie den Händler doch etwas erstaunt an, als der sich von seinem Platz erhob. Als sie zögerte, fragte er: „Willst du nun für deinen Kurzeinsatz als Nutte bestraft werden oder nicht?"

Sandra nickte zögernd. Nun bekam sie doch weiche Knie, denn obwohl sie als Jugendliche des Öfteren von ihren Eltern versohlt worden war, lag die letzte Abstrafung ein paar Jahre zurück. Außerdem würde sie nun ein völlig Fremder bestrafen. Das ging doch nicht! Andererseits hatte sie es verdient, und die Erinnerung an früher, als nach der Bestrafung alles wieder gut war und die Verfehlung nie wieder erwähnt wurde, überkam sie. Ob es jetzt auch so sein würde? Irgendetwas in ihr wehrte sich noch gegen eine Züchtigung durch den Händler, aber die Hoffnung auf eine Befreiung von der seelischen Last

110

oder zumindest Linderung der Belastung wie nach den Bestrafungen in ihrer Jugend überwog schließlich.

Langsam erhob sich Sandra und griff zögernd mit leicht zitterndem Arm nach der Hand, die ihr der Händler hinhielt. Er schien ihren inneren Kampf zu ahnen, denn er nickte ihr freundlich und aufmunternd zu.

„Vertrau mir!"

Als sie endlich seine Hand ergriffen hatte, führte er sie in den hinteren Raum der Markthalle. Auf ihren Streifzügen war Sandra nie bis hierher gekommen, und erstaunt bemerkte sie eine Tür, die in die unterirdischen Gewölbe der großen Kaufhalle führte.

„Hier laufen im vorderen Teil die ganzen Leitungen zusammen", erklärte ihr der Mann auf ihrem Weg. Dahinter sind jede Menge Drahtverhaue und Holzverschläge, wo wir unsere Waren, die wir nicht in den Ständen unterbringen, zwischenlagern können. Außerdem sammelt dort jeder die Dinge, die er zu brauchen meint. Ich habe dort beispielsweise ein paar alte Stühle aus dem Stand sowie Werkzeug und Material, falls am Stand mal eine kleine Reparatur nötig sein sollte."

Während er sprach, waren sie immer weiter in das Gewirr von Verschlägen vorgedrungen. Längst schon hatte Sandra die Orientierung verloren. Plötzlich blieb der Mann vor einem relativ geräumigen Drahtverhau stehen.

„So, da wären wir. Hineinspaziert in dein Strafzimmer!"

Ängstlich schaute Sandra ihn an.

„Keine Sorge", tröstete sie der Mann, „sobald du für dein Vergehen bestraft worden bist, führe ich dich wieder hinaus. Ich werde dich auch nicht vögeln, sondern ‚nur' gewaltig durchprügeln – so, wie du es verdient hast. Aber jetzt sollten wir anfangen, denn ich kann unmöglich meinen Stand stundenlang allein lassen!"

Sandra trat von einem Bein auf das andere und verknotete dabei ihre Finger ineinander. Sie wusste nicht, was sie tun sollte. Als der Mann nichts mehr sagte, fasste sie sich ein Herz und fragte mit belegter Stimme: „Was…was soll ich jetzt machen?"

„Na, was wohl?", kam die Antwort mit sanfter Stimme, „Du könntest als Zeichen der Reue gestehen, eine missratene Nichte zu sein, dein Vergehen beichten und um Bestrafung bitten."

Einen Augenblick sah ihn Sandra sprachlos an. Dann bemerkte sie, dass der Mann mittlerweile in dem Drahtverhau stand und sie den kürzeren Weg zur Kellertür haben würde – sofern sie den Ausgang finden würde. Immerhin steckte der Schlüssel des Drahtverhaus von außen, so dass sie ihn einschließen und sich einen Vorsprung erarbeiten könnte. Aber das würde nur dann Sinn machen, wenn er ihr etwas antun wollte – aber wollte er das wirklich? Dann hätte er sich bestimmt nicht dort hingestellt, wo er jetzt stand. Wollte er sie wirklich nur bestrafen, damit sie sich hinterher besser fühlen würde? Aber warum sollte er, ein Fremder, das für sie tun?

Sandras Gedanken rasten durch ihren Kopf, fanden aber keine Antworten auf ihre Fragen. Sie begriff, dass sie nur dann Gewissheit bekommen würde, wenn sie sich auf die Situation einließ. Die Aussicht, sich nach einer Bestrafung besser zu fühlen, gab schließlich den Ausschlag.

„Ich...ich gestehe, dass ich als...als Nutte... gearbeitet habe und...dafür eine...eine Tracht Prügel...verdient habe."

„Hast du davor schon jemals als Nutte gearbeitet und Sex gegen Geld gehabt?"

Sie spürte, wie eine tiefe Röte ihr Gesicht überzog.

„Nein, ich habe das nie vorher gemacht!" Dann erinnerte sie sich an seine Worte und fügte hastig hinzu: „Ich bin eine missratene Nichte. Bitte bestraf mich, aber sag meinem Vater nichts!" In einem Anfall von aufrichtigem Bedürfnis ergänzte sie: „Ich...ich habe einen solchen Onkel nicht verdient, aber dafür eine ordentliche Tracht Prügel. Bitte, bitte, versohl mir den Hintern, so fest du kannst!"

„O, das werde ich machen, keine Sorge!" Seine eben noch sanfte Stimme wurde jetzt streng: „Los, vortreten!" Dabei deutete er auf einen Metallstuhl, der in dem Verschlag herumstand.

Sofort gehorchte Sandra und trat vor den Stuhl.

„Rock hoch, Schlüpfer runter und Bücken!"

Rasch gehorchte sie. ‚Komisch', dachte sie dabei, ‚ich entblöße meine intimsten Stellen vor einem Fremden und schäme mich nicht mal dafür.'

Diese Erkenntnis überraschte sie, aber sie bekam keine Zeit, länger darüber nachzudenken, denn schon hatte sie sich über die Stuhllehne gebeugt, während ihr dünnes Höschen zu den Knöcheln herabrutschte. Der Händler hatte inzwischen seinen schmalen Ledergürtel aus den Schlaufen seiner Hose gezogen und das Ende mit der Gürtelschnalle um sein Handgelenk gewickelt.

„Jetzt, du missratenes Ding, werde ich dir zeigen, was ich davon halte, dass du auf den Strich gehen wolltest! Ich werde dir Sitte und Anstand einbläuen, dass dir Hören und Sehen vergehen wird! Du kannst dabei ruhig schreien, so laut du kannst, hier unten hört dich niemand!"

Im nächsten Augenblick fuhr der Gürtel durch die Luft und klatschte kraftvoll auf Sandras wohlgerundeten Po, wo er einen dünnen roten Streifen auf das weiße Fleisch zeichnete. Die Schmerzen waren zwar groß, aber für sie durchaus ertragbar. Das blieben sie auch bei den nächsten Schlägen, auch wenn Sandras Gesäß ein immer kräftigeres Rot annahm. Nach einem runden Dutzend Hieben hörte der Händler auf.

„So, das war das Aufwärmen. Jetzt geht es richtig zur Sache, denn jetzt kriegst du deine Bestrafung!"

Sandra erschrak, denn sie hatte angenommen, dass ihre Bestrafung bereits in vollem Gange war. Die bisherigen Schläge entsprachen in ihrer Anzahl und in der verabreichten Intensität genau dem Niveau, das sie von zu Hause gewohnt war. Umso überraschter war sie, als der Händler ihr mit ein paar Seilen die Hände und Fußgelenke an den Stuhlbeinen festband.

„Was…was soll das?", flüsterte Sandra, der die Angst die Kehle zuzuschnüren begann.

Mit einem beruhigenden Lächeln beugte sich der Händler zu ihr hinunter und meinte mit beruhigender Stimme: „Ich habe dir eine harte Bestrafung versprochen. Du hast sogar darum gebeten und nun wirst du sie bekommen. Die Fesseln sollen nur verhindern, dass du vor dem Ende der Bestrafung wegläufst. Keine Sorge, ich werde dich nur wie versprochen durchprügeln, mehr nicht – also mach dir keine Sorgen, sondern büße für dein schamloses Verhalten."

Dann hielt er ihr einen dünnen Rohrstock vor die Nase.

„Der Stock wird dir jetzt hoffentlich ein für allemal austreiben, eine Nutte sein zu wollen!"

„O Gott, bitte nicht den Stock! Den…den habe ich noch nie gekriegt!"

„Was einiges erklärt", lautete die ungerührte Antwort, „aber jetzt wirst du ihn kennen lernen, denn bei deinem Vergehen hilft nichts anderes!"

Im nächsten Moment schrie Sandra laut auf, denn der Mann hatte bei seinen Worten ausgeholt und zugeschlagen. Die getroffene Stelle ihres Hinterteils wurde jetzt von einer dünnen Strieme geziert. Der aufwallende Schmerz ließ ihr Hinterteil tanzen, während Hitze ihren Körper durchströmte. Ungerührt von dem wild hin- und herwedelnden Hintern ließ der Mann die nächsten Hiebe rasch hintereinander folgen.

„Au! Aua, au, uhuhuhuhu!", heulte Sandra.

Der Mann kommentierte es scheinbar ungerührt mit den Worten: „ Ich werde dir austreiben, eine Nutte sein zu wollen!" und schlug zu, wieder und wieder. Immer heftiger wackelte Sandra mit ihrem Gesäß, und mehr als einmal musste der Mann ihre Züchtigung unterbrechen und verhindern, dass sie wegen der immer heftigeren Bewegungen mit dem Stuhl umfiel.

Nach einem Dutzend scharfer Hiebe gönnte ihr der Mann eine kleine Pause, band sie aber nicht los. Über den Stuhl gebeugt, mit schweißglänzendem Gesicht und schweißnasser Bluse stand Sandra mit entblößtem Unterlaub und verstriemtem Hinterteil in dem offenen Kellerraum und heulte Rotz und Wasser. Als sie zu schniefen anfing und die Nase immer heftiger hochzog, beugte sich der Händler zu ihr und hielt ihr ein Taschentuch an die Nase. Einerseits dankbar schnäuzte sie hinein, aber andererseits dachte sie beschämt: ‚Wie einem kleinen Kind putzt er mir die Nase'. Als ihre Nase wieder frei war, bekam sie noch zwei Minuten der Ruhe, dann ertönte die Stimme des Händlers: „Auf zur zweiten Runde!"

Bevor sich Sandra von ihrem schreck erholt hatte und um Gnade bitten konnte, pfiff der Rohrstock erneut durch die Luft. Nachdem die erste Wucht Längsstriemen gezeichnet hatte, stanzte die zweite Runde nun Querstriemen auf ihr Gesäß, so dass es jedes Mal zu zahlreichen besonders schmerzhaften Überschneidungen kam. Sofort verstärkte sich Sandras Geheul nach jedem Hieb. Der Händler wusste um die Wirkung, weshalb er nach jedem Schlag geduldig wartete, bis sie sich wieder beruhigt hatte. Erst dann setzte er den nächsten Hieb auf die Erziehungsfläche der jungen Frau, deren Geheul sofort wieder auf die alte Lautstärke anschwoll und dort kurz verblieb, bevor es langsam wieder abebbte.

Endlich schien der Händler die zugedachte Strafe vollstreckt zu haben, denn nach Verabreichung des zweiten Dutzend hörten die Schläge auf. Sandras Blick war durch das auf ihrem Hintern tobende Höllenfeuer vollkommen vernebelt, so dass sie die Stimme des Händlers nur wie aus weiter Ferne vernahm: „So, Mädchen, das war für deine Arbeit als Nutte. Wirst du jemals wieder als Nutte arbeiten wollen?"

Als sie wegen ihres Dämmerzustandes nicht sofort antwortete, bekam sie einen weiteren Rohrstockhieb auf ihr Gesäß, diesmal diagonal geführt, was das Höllenfeuer sofort wieder entfachte.

„Antworte gefälligst, wenn ich mit dir rede!"

„Ja, äh, nein, nie…wieder…nie wieder werde ich…als…als…Nutte arbeiten", presste Sandra mühsam zwischen ihren Zähnen hervor.

„"Braves Mädchen, dann wäre das ja erledigt."

Im nächsten Moment löste der Händler ihre Fesseln und fing sie auf, denn die Anspannung sowie die Schläge hatten ihre Beine zu Butter werden lassen. Noch bevor sich Sandra jedoch gedanklich richtig gesammelt hatte, wurden ihr die Arme vorne zusammengebunden und gleich darauf in die Höhe gezogen. Ehe sie sich versah, stand sie kerzengerade in dem Kellerverschlag, ihre hochhackigen Schuhe berührten gerade so noch den Boden.

„Was...was tust du da?"

„Na, was wohl? Für deine Arbeit als Nutte bist du ja nun bestraft worden; jetzt sind deine anderen Vergehen dran."

„We-welche anderen Vergehen?" Ihre weit aufgerissenen Augen sahen ihn voller Angst an. „Welche anderen Vergehen meinst du?", wiederholte sie, und die Angst trieb ihr den Schweiß auf die Stirn.

„Zunächst dein Vergehen, in diesem superkurzen Rock herumzulaufen. Und weil dein Hintern schon ziemlich übel aussieht, werden jetzt deine Schenkel für diese schamlose Kleidung büßen."

Bei diesen Worten zog er ihr den Rock herunter. Bei der Gelegenheit entfernte er auch gleich ihren Slip, so dass sie untenherum nur noch ihre halterlosen schwarzen Strümpfe und die hochhackigen Schuhe trug.

„Nein, bitte nicht!", schrie Sandra voller Panik, aber es war zu spät. Der Händler hatte bereits zum Gürtel gegriffen und ließ ihn jetzt kraftvoll auf ihre Oberschenkel klatschen.

„Auauauauau!", tönte ihr Schrei durch den Keller der Markthalle, begleitet von wildem Getrippel ihrer Füße. Das Herumtrippeln und Schütteln der Beine dauerte auch noch an, nachdem der Schrei längst verhallt und durch lautes Schluchzen ersetzt worden war. Ihre Fesseln gaben ihr einigen Spielraum, und so drehte und wand sich Sandra hin und her, während der Mann sie umrundete und immer wieder zuschlug. Er arbeitete mit einer solchen Präzision, dass jeder Schlag genau ihre Oberschenkel traf, manchmal die Vorder- und manchmal die Rück-

seite. Ihre halterlosen Strümpfe konnten die Wucht der Schläge nicht mildern, und so erlebte Sandra überaus schmerzhafte
Minuten.

Erst als ihre Schenkel von beiden Seiten feuerrot leuchteten,
hörte der Händler auf und trat ganz dicht an Sandra heran:
„Wirst du in Zukunft anständige Kleidung tragen?"

Sandra schluchzte nur. Mit der hand hob er ihr Kinn und
zwang sie, ihn mit tränenvernebeltem Blick anzusehen: „Wirst
du in Zukunft nur noch Röcke tragen, deren Saum mindestens
bis zum Knie reichen?"

Sie nickte nur, denn vor lauter Schmerz war sie nicht in der
Lage zu antworten. Dem Händler genügte ihr Nicken aber
offensichtlich, denn er stand auf und wartete geduldig, bis
Sandra wieder ruhiger war und halbwegs sicher auf ihren Beinen stand.

Aber ihre Bestrafung war noch nicht abgeschlossen! Sandra
nahm das zwar an, aber da irrte sie! Der Händler hatte plötzlich ein Messer in der Hand, mit dem er ihre Bluse und den BH
zerschnitt und ihr beides auszog. Aus Angst vor dem Messer
wagte sie nicht zu protestieren, sondern sah ihn nur verängs-
tigt an. Ihre kleinen, aber wohlgeformten Brüste waren nun
schutzlos seinen Blicken ausgeliefert. Ebenso wie der Kälte
des Kellers, der ihre Haut trotz der lodernden Feuer auf ihrem
Gesäß und ihren Schenkeln mit einer Gänsehaut überzog.
Ihre ohnehin schon aufgerichteten Brustwarzen standen deutlich ab und ließen die Brüste noch kleiner erscheinen.

Langsam trat der Händler wieder in ihr Gesichtsfeld.

„Jetzt kommen wir zum letzten Teil deiner Bestrafung!"

„Bitte, nicht noch mehr!", stöhnte Sandra mit leiser Stimme, „Ich...ich kann nicht mehr!"

„Das muss noch sein!", war die barsche Antwort, „Du hast mit deiner dünnen Bluse und dem verdorbenen BH deine Möpse für jedermann sichtbar zur Schau gestellt, also gehören sie genau wie die Schenkel bestraft."

Entsetzt hob sie den Kopf: „Du...du willst meine...meine Titten...bestrafen? Das...das geht doch nicht!"

„O doch, meine Liebe, das geht sogar sehr gut! Du wirst jetzt deine Möpse schön weit vorstrecken, und ich werde dir den Gürtel auf jeder Seite zweimal überziehen."

„Du...du willst mich auf meine...meine Titten schlagen? Mit dem Gürtel?" Ungläubig starrte sie ihn an.

Die Antwort war ein simpler Befehl: „Vorstrecken!"

Als sie der Aufforderung nicht nachkam, trat er hinter sie und verabreichte ihr sechs rasche Hiebe auf den Rücken. Sofort erhob sich lautes Wehgeheul, von Schluchzern unterbrochen.

Wieder trat er in ihr Blickfeld: „Ich werde dich solange auspeitschen, bis du deine Möpse für die Bestrafung vorstrecken wirst. Je eher du das machst, desto weniger Schläge bekommst du. Außerdem ist deine Bestrafung danach abgeschlossen. Also, was ist nun?"

Sandra dachte angestrengt nach, aber die Schmerzen verlangsamten den Denkprozess. Erst als sie weitere sechs Gürtelschläge auf den Rücken empfing, beschleunigte sich ihr Denken.

„Aufhören, bitte, bitte aufhören, ich gehorche, ich gehorche!"
Wieder sah sie den Händler vor sich hintreten. Zögernd aber wahrnehmbar, wenngleich von der Verzweiflung angetrieben, schob sie ihren Oberkörper etwas vor. Gleich darauf biss der Gürtel in ihre linke Brust und ließ sie laut aufschreien. Dann registrierte sie keuchend vor Schmerz die Wirkung des Schlages. Der Händler war kein Unmensch und hatte den Hieb mit wenig Kraft verabreicht, aber das weiche Fleisch und das Ungewohnte, auf diese Stelle geschlagen zu werden, hatte die Wirkung auf Sandras ohnehin schon überstrapazierte Nervenkostüm deutlich verstärkt.

Es dauerte eine Weile bis sie sich wieder beruhigt hatte und ihrem Zuchtmeister einen Blick zuwerfen konnte.

„Ich warte!" Der drohende Unterton war unüberhörbar. Sandra begriff, dass er gleich wieder ihren Rücken peitschen würde, wenn sie nicht wieder eine Brust hervorstreckte. Mit ganz viel innerer Überwindung bot sie ihm schließlich die rechte Brust dar. Sofort sauste der Gürtel herab, und ließ sie zusammensacken, soweit es die Fesseln erlaubten. Wie gerne hätte sie ihre malträtierten Brüste mit den Händen umfasst, die geprügelten Kugeln gestreichelt und gepresst in der Hoffnung, damit den Schmerz aus ihnen zu vertreiben.

Diesmal dauerte es etwas länger, bis sie sich der abwartenden Blicke des Händlers bewusst wurde. Noch länger dauerte die Überwindung, ihm jede ihrer Brüste für den jeweils letzten Schlag hinzuhalten. Es bedurfte ihrer letzten Kraftreserven, aber schließlich schaffte sie es und bezog die letzten beiden Schläge.

Kaum war der Gürtel das letzte Mal herab gefahren, band der Händler sie los. Da Sandras Beine ihren Dienst versagten, fing er sie auf und setzte sie auf den Metallstuhl, über den sie noch einige Zeit zuvor ihren Po dem Rohrstock präsentieren musste. Trotz ihrer Schwäche sprang sie sofort jaulend auf, denn ihr verstriemtes Hinterteil ließ das Sitzen unerträglich sein.

Kaum Stand Sandra, knickten ihr wieder die Beine ein. Der Händler fing sie auf und nahm sie tröstend in die Arme. Lautes Schluchzen durchbrach die Stille des Kellers, und Sandra heulte ihren Schmerz und ihre Erleichterung wegen der überstandene Bestrafung in die Schulter des Händlers, dessen Hemd rasch von ihren Tränen durchnässt war. So standen sie einfach nur eng umschlungen da.

‚Wie damals, in meiner Kindheit‘, dachte sie, ‚Papa hat mich auch immer so gehalten, wenn ich den Po voll bekommen hatte. Danach war immer alles wieder gut.‘

Es dauerte lange, bis sich Sandra wieder halbwegs beruhigt hatte. Ihre Beine waren zwar noch ziemlich wackelig, aber sie konnte wieder ohne Hilfe stehen und sich bewegen. Überrascht schaute sie an sich herab, und es hatte den Anschein, dass sie erst jetzt ihre Nacktheit wahrnahm.

Der Händler reichte ihr einen alten Arbeitsanzug: „Die nuttige Kleidung kannst du vergessen, die ist hinüber. Aber du willst ja ab sofort ein anständiges Mädchen sein, also brauchst du sie ohnehin nicht mehr.“

Sie nickte nur und zog rasch die viel zu große Arbeitskleidung an. Nach einem letzten prüfenden Blick in ihr Gesicht führte sie der Händler aus dem Keller zurück in die Markthalle und an seinen Stand. Wortlos reichte er ihr einen großen Becher Kaffee, den sie dankbar im Stehen trank.

„Ich habe dir gesagt, dass ich dich als meine Nichte besonders hart züchtigen würde", meinte er beinahe entschuldigend.

„Ich weiß. Ich habe es ja auch herausgefordert, denn ich wollte hart durchgeprügelt werden. Für mein Vergehen wäre jede leichtere Strafe zu wenig gewesen."

„Wie geht es dir jetzt?"

Sandra überlegte. Dann sagte sie: „Gut. Ich fühle mich wirklich gut! So wie eben bin ich noch nie bestraft worden, aber ich habe auch nie zuvor einen so großen Mist gebaut. Das wird mir helfen, mit meinem dummen Versuch als Hobbyhure klarzukommen."

„Dann war meine Zeit also nicht vergeblich investiert?"

Sie lächelte ihn an: „Nein, ganz und gar nicht! Du hast mich vorhin gerettet und jetzt auch noch geläutert. Danke!"

Dabei küsste sie ihn auf beide Wangen.

„Na, dann sollte ich die gute Tat wohl vollenden. Komm, ich fahre dich nach Hause!"

Sie nickte dankbar, denn fahrtüchtig war sie bei weitem nicht.

Plötzlich meldete sich aber ihr Gewissen: „Und dein Stand?"

„Mach dir darüber keine Gedanken."

Dann fuhr er eine unruhig auf dem Beifahrersitz hin- und herrutschende Sandra mit seinem Wagen nach Hause.

Die gierige Kellnerin

Endlich war es Sommer! Nicht irgendein verregneter Sommer, sondern einer, der diesen Namen auch wirklich verdiente! Natürlich waren damit auch hohe Temperaturen verbunden, aber abgesehen von körperlich arbeitenden Menschen und hitzeempfindlichen Personen erfreute sich jeder an dem herrlichen Sonnenschein. Er sorgte zusammen mit der Hitze für einen wahren Ansturm auf die Feibäder und Badeseen, aber auch die Cafés und Gaststätten in den Innenstädten waren mit Gästen überlaufen. Besonders die Biergärten mit ihren Schatten spendenden Bäumen und Zeltüberdachungen wurden gerne aufgesucht. Sobald ein Platz frei wurde, waren sofort zwei oder mehr Interessenten zur Stelle, um ihn sofort wieder zu besetzen.

Auch ein Lokal mitten in einer Stadt konnte mit einem großen Biergarten aufwarten, der neben Tischen und Stühlen auch Bierzeltgarnituren beinhaltete, um eine möglichst große Zahl von Kunden aufnehmen zu können. Das Personal bestand überwiegend aus Studentinnen, die mit dem Stundenlohn sowie den Trinkgeldern ihr Studium finanzierten, während der Chef mit seiner Frau die Theke bewirtschaftete. In der Küche wirbelte ein angestellter Koch mit mehreren Küchenhilfen, um die Mägen zu füllen, nachdem der Durst in den Kehlen gelöscht war.

Das Geschäft brummte, es ging zu wie in einem Taubenschlag. Während tagsüber viele Ausflügler und Tagesbesucher kamen, bestand die Kundschaft ab dem frühen Abend aus trinkfreudigen Gesellschaften, Freundescliquen und verliebten Paaren. Sie alle hatten zwei Gemeinsamkeiten: viel Durst und keinen Blick für die Rechnung, sofern die Kellnerinnen ihnen überhaupt einen Kassenbon vorlegten.

Petra gehörte zum Personal und arbeitete als Kellnerin wie alle anderen, auch wenn ihrem Onkel der Laden gehörte. Auch sie war Studentin im dritten Semester, die es sich aber in den Kopf gesetzt hatte, möglichst viel Geld aus ihrer anstrengenden Arbeit herauszuschlagen. Zwar zahlte ihr Onkel an seine Kellnerinnen und damit auch an Petra zehn Euro pro Stunde und damit deutlich mehr als andere Gastwirte, und auch das Trinkgeld floss reichlich. Aber das war ihr alles nicht genug. ‚Wer bei dieser Hitze so schwer schuftet‘, dachte sie bei sich, ‚muss auch den größtmöglichen Nutzen erzielen‘. Wenn jemand ihre Gedanken hätte lesen können, hätte er rasch gewusst, in welchem Studiengang sie eingeschrieben war.

Petras Taktik zur Trinkgeldvermehrung bestand zum einen in einer ausgesprochenen Freundlichkeit zu allen Gästen. Sie gab jedem das Gefühl, trotz der riesigen Menschenmenge um ihn herum nur Augen für ihn zu haben. Lediglich bei frisch verliebten Paaren oder denen, in deren Beziehung die Frauen die Hosen anhatten, war sie nur freundlich. Sie hatte ein Gespür dafür, bei wem sie flirten konnte und bei wem sie das besser unterließ. Daneben hatte sie aber auch eine Vorgehensweise entwickelt, die situationsabhängig war. Sah sie, dass eine Männergruppe aufbrechen wollte, öffnete sie rasch einen oder sogar zwei Knöpfe mehr von ihrer Bluse und äußerte beim Überbringen der Rechnung gegenüber dem größten Wortführer ihr großes Bedauern über den Aufbruch, während sie mit gekonntem Augenaufschlag und geschicktem Zurückwerfen ihrer langen, blonden Mähne Signale des Verlangens aussandte. Tatsächlich bleiben fast drei Viertel aller Gruppen entgegen ihrer eigentlichen Absicht daraufhin doch sitzen und fast immer orderte der Wortführer eine neue Runde. Die gleiche Taktik wandte sie bei Paaren an, bei denen eindeutig der Mann das Kommando hatte. Ihr Onkel wusste von dieser ,Unart', aber weil auch sein Geschäft dadurch einen höheren Umsatz machte, übersah er die Schamlosigkeit seiner Nichte.

Petras Freundlichkeit und ihre ,sanfte Überredung' durch Zurschaustellung ihres üppigen Dekolletees, das manchmal mehr enthüllte als verbarg, sowie ihres lasziven Verhaltens gegenüber Männerrunden bescherte ihr hohe Trinkgelder, aber das war ihr nicht genug. Sie wollte mehr, viel mehr. Also begann sie, den zahlungswilligen Gästen den Rechnungsbetrag nur anzusagen, nicht aber per Beleg schwarz auf weiß zu präsentieren. Nachdem das in einer Testphase geklappt hatte, erhöhte sie den Betrag ab einer gewissen Getränkemenge diskret um einen oder auch um zwei Euro, so dass sie diesen Betrag plus Trinkgeld einstrich. Bei Gruppen junger Männer, die oftmals mehrere Runden orderten und in ihrem angeheiterten Zustand keinen Überblick mehr über die konsumierte Getränkemenge hatten, fiel Petras ‚Zuschlag' schon mal saftig aus und konnte leicht zehn oder auch mal mehr Euro erreichen.

Alles in allem verbuchte Petra am Ende eines jeden Tages hohe Überschüsse, wenn sie mit ihrem Onkel abrechnete. Sie begründete dies stets mit der Freizügigkeit der Gäste, die gerade an heißen Tagen besonders hoch sei. Trotzdem schöpfte ihr Onkel schließlich Verdacht, denn auch die anderen Kellnerinnen sahen gut aus und waren ausgesprochen freundlich zu den Gästen, und natürlich setzten auch sie ihre weiblichen Reize ein. Trotzdem kam keine von ihnen auch nur annähernd auf Trinkgelder in der Höhe, wie Petra sie einstrich.

„Das Biest schummelt", sagte ihr Onkel Albert eines Abends nach Geschäftschluss zu seiner Frau, „Ich weiß nicht, wie sie das anstellt, aber ich habe da einen Verdacht. Wenn das stimmen sollte, betrügt sie unsere Gäste, und das geht überhaupt nicht!"

Aus Angst vor einem Ansehensverlust und damit einer Geschäftsschädigung wandte er sich schließlich an einen alten Freund, der weiter draußen auf dem Lande lebte und nur selten in der Stadt war. Petra kannte ihn deshalb nicht, und als er inkognito das Lokal besuchte und sich so setzte, dass er von Petra bedient wurde, schöpfte sie keinen Verdacht. Im Laufe der nächsten Stunden gab er vor, ein wenig angeheitert zu sein. Seinen Getränkekonsum hatte er heimlich notiert und kaum, dass er das Lokal verlassen und um die Ecke gegangen war, notierte er den verlangten und den bezahlten Preis. Dieses Vorgehen wiederholte er noch ein paar Mal. Nach ein paar Tagen hatte Albert den Beweis: Seine Nichte betrog die Gäste.

Um einen Skandal zu vermeiden, lud er Petra an ihrem freien Tag zu sich ein, um ‚etwas Geschäftliches' mit ihr zu bereden. Auf ihre interessierte Nachfrage ließ er durchblicken, dass er eine hübsche Geschäftsidee habe, die er gerne mit ihr besprechen würde.

Auch wenn alles sehr vage klang, war Petras Neugier geweckt. Sie erschien pünktlich zur verabredeten Zeit und wurde von ihrem Onkel ins Wohnzimmer geführt. Kaum hatte sie es sich in einem Sessel bequem gemacht und wegen ihres schwarzen Ledermini die Beine sittsam übereinander gelegt, begann Onkel Albert wie ein Tiger vor ihr auf und ab zu laufen. Sein Verhalten irritierte Petra, aber sie sagte nichts.

Schließlich warf Albert ihr ein „Ich weiß, was du getan hast!" an den Kopf.

Petra saß wie versteinert da. Endlich erwiderte sie: „Was meinst du?"

„Den Betrug an unseren Gästen!"

„Betrug? Ich? Du spinnst!"

Sie wollte aufstehen, aber ein barsches „Sitz!" ließ sie erst zögern und dann wieder Platz nehmen. In ihrem Kopf rasten die Gedanken, denn natürlich wusste Petra, was ihr Onkel meinte, aber konnte er wirklich etwas wissen? Vielleicht ahnen, aber wirklich wissen? Das konnte nicht sein, obwohl sie es, wie sie vor sich selber zugeben musste, in letzter Zeit ziemlich übertrieben hatte. Ihre Masche mit den falschen Abrechnungen lief so gut, dass sie gerade bei betrunkenen Gruppen junger Männer immer dreister wurde. Vor sich selber rechtfertigte sie die unrechtmäßige Einnahme als Entschädigung für die lüsternen Blicke, die die Typen hemmungslos in ihren Ausschnitt warfen. Manche klatschten ihr auch vor allen Leuten auf den Po oder versuchten, ihr an die Brüste oder gar zwischen die Beine zu fassen – angetrunken wurde so mancher Mann zu einem Schwein. Deshalb hatte sie keine Skrupel, sich in Eigeninitiative zumindest symbolisch zu entschädigen. So zumindest sah Petra die Sache, aber was von alledem konnte ihr Onkel ahnen, geschweige denn wissen?

Albert sah seiner Nichte fest in die Augen: „Du betrügst meine Gäste!", presste er mit deutlicher Schärfe in der Stimme hervor, „du zockst sie ab, indem du die Zeche erhöhst. Willst du das etwa leugnen?

„Ich...", Petra war sprachlos. Ihr Onkel schien tatsächlich alles zu wissen. Aber woher?

„Hör zu, du Luder, es ist mir egal, ob du den Gästen deine Titten zeigst, um ein höheres Trinkgeld zu ergattern, es ist mir auch egal, ob du mit den Gästen flirtest, um sie zum Bleiben zu bewegen, aber bei Betrug hört der Spaß auf! Das ist ein verdammt ernstes Vergehen! Also noch mal: Gibst du zu, meine Gäste betrogen zu haben?"

Petra atmete tief ein. Dann erklärte sie im Brustton der Überzeugung: „Das ist Unsinn, purer Unsinn!"

PATSCH!

Sie hatte die Ohrfeige nicht kommen sehen. Die Wucht ließ ihren Kopf nach rechts fliegen, umrahmt von ihrem wehenden blonden Haar.

‚Eine Ohrfeige!', schoss es ihr durch den Kopf, ‚mein Onkel hat mich geschlagen. Das hat er seit zehn Jahren nicht mehr getan. Verdammt, er muss sehr wütend sein.'

Bevor sich Petra von dem Schreck erholen konnte, drang Alberts scharfe Stimme an ihr Ohr: „Also auch noch lügen! Das wird ja immer schöner. Aber du willst Beweise? Bitte, hier hast du ihn." Laut rief er in Richtung Zimmertür: „Karl, würdest du bitte mal kommen!"

Im nächsten Moment betrat Alberts alter Freund Karl den Raum. Petra blies sich die Haare aus dem Gesicht, wohin sie nach der Ohrfeige geflogen waren, um den Zeugen besser sehen zu können. Albert zeigte auf ihn und sagte betont freundlich in Petras Richtung: „Das ist mein Zeuge! Angesichts deiner astronomisch hohen ‚Trinkgelder' habe ich eine Schweinerei vermutet und Karl gebeten, das zu überprüfen. Du hast ihn um glatte zehn Euro betrogen! Bei jedem seiner Besuche! Willst du jetzt immer noch leugnen?"

Petra war konsterniert. ‚Aufgeflogen, ich bin aufgeflogen', war das einzige, was sie noch denken konnte. Ansonsten spürte sie, wie kalte Angst nach ihrem Herz griff und sich im Magen ein Gefühl der Übelkeit ausbreitete. Mit vor Schreck weit geöffneten Augen starrte sie zwischen Albert und Karl hin und her.

Albert deutete ihre stummen Blicke als Trotz und drohte: „So ein Verhalten geht nicht, überhaupt nicht. Du bist gefeuert! Fristlos! Und anzeigen werde ich dich auch!"

Seine Worte verstärkten Petras Panik, der Schock ihres Auffliegens und die sich daraus ergebenden Konsequenzen saßen tief.

„Willst du irgendetwas zu deiner Verteidigung sagen oder weiterhin die Stumme spielen?", herrschte Albert seine Nichte an.

Beschwichtigend legte ihm Karl eine Hand auf die Schulter. Im Gegensatz zu Albert hatte er die Panik in Petras Augen erkannt „Gib ihr einen Moment Zeit, sie ist völlig aufgelöst und muss sich erstmal sammeln."

„Aufgelöst? Das Mistding ist verstockt, das ist alles! Durchprügeln sollte man das Luder, windelweich schlagen und nicht mit Samthandschuhen anfassen! Es geht schließlich um den Ruf meines Lokals, und wenn der ruiniert ist, kann ich zumachen!"

„Ich weiß", erwiderte Karl mit ruhiger Stimme, „aber außer mir scheint bislang niemand etwas bemerkt zu haben, also ist der Ruf deines Lokals nicht in Gefahr. Vorausgesetzt natürlich, dass die Abzocke künftig unterbleibt." Sein fragender und zugleich scharfer Blick traf bei seinem letzten Satz Petra. Für einen winzigen Moment keimte in ihr Hoffnung auf, dass sich doch noch alles zum Guten wenden würde, und so nickte sie auf Karls Frage bestätigend. Tatsächlich fasste sie in diesem Moment in ihrem Inneren den Beschluss, nie wieder ein krummes Ding zu drehen.

Als Petra nickte, strich ihr Karl sanft über den Kopf. Das lange, blonde Haar fühlte sich seidig an, und seine Trägerin könnte das Abbild eines Engels sein, der aber in diesem Augenblick wie ein verzweifelter Sünder in seinem Sessel zusammengesunken war.

Alberts wütende Stimme unterbrach die für einen Moment herrschende Atmosphäre der Ruhe: „Das ist ein ganz durchtriebenes Biest! Sie setzt ihre körperlichen Reize ein, um junge Männer zu hohen Trinkgeldern zu animieren und ZUSÄTZLICH zockt sie die Typen auch noch ab! Das ist ein ganz ausgekochtes Früchtchen! Wenn es nach mir ginge, würde ich ihr den Arsch so voll hauen, dass sie tagelang Sitzprobleme haben würde! Aber das Fräulein ist ja volljährig, also bleibt nur die Polizei!"

Karl hatte die ganze Zeit Petras Kopf gestreichelt. Diese liebevolle Geste bewirkte, dass langsam wieder Leben in Petra zurückkehrte. „Können… können wir das nicht… irgendwie… regeln?", fragte sie mit brüchiger, aber hoffnungsfroher Stimme.

„Regeln?", höhnte Albert, „Willst du jetzt etwa auch noch Bedingungen diktieren? Du bist gefeuert und ich weiß nicht, was mich hindert, jetzt sofort die Polizei zu rufen!"

Petras Hoffnung bekam bei diesen Worten einen herben Dämpfer. Jetzt brachen alle Dämme und sie begann hemmungslos zu weinen. Dazwischen schluchzte sie· „Das… eine Anzeige… das wäre mein Ende… wenn ich mich bewerbe, brauche ich ein makelloses Führungszeugnis...ohne das wäre mein Studium wertlos..."

„Das hättest du dir früher überlegen müssen!"

„Wenn du sie anzeigst, wird es offiziell, und dann hast du die negative Kritik in der Zeitung.", ließ sich wieder Karl vernehmen, „Du hast mit der Sache nichts zu tun, im Gegenteil, du bist ja gerade dabei, sie zu unterbinden. Aber die Leute werden keinen Unterschied machen und weil sie wissen, dass du ihr Onkel bist, werden alle so tun, als wenn du sie angestiftet hättest."

„Waaas?", brauste Albert auf, „Die blöde Kuh dreht krumme Dinger und ich soll plötzlich Schuld sein?" Jetzt wandte er sich direkt an Petra: Das ist alles deine Schuld, du verfluchte Kriminelle!" Im nächsten Augenblick verabreichte er ihr zwei schallende Ohrfeigen.

Während Petra nach den unverhofften Schlägen lauter zu heulen anfing, hatte sich Albert wieder im Griff. Karl merkte das, und fuhr fort: „Eine Anzeige würde deinen Ruf und den deines Lokals zu Unrecht schädigen, also solltest du darauf verzichten. Und was die Kündigung angeht, solltest du zwei Dinge bedenken: Erstens ist Petra bei den Gästen beliebt, und wenn sie plötzlich nicht mehr bedienen würde, dürften viele nach dem Grund fragen. Was willst du den Leuten sagen? Die Wahrheit? Dann kannst du den Laden gleich zumachen. Lügen? Warum willst du dir das antun?"

„Soll ich das kriminelle Miststück etwa weiterbeschäftigen und so tun, als ob nichts gewesen wäre?"

„Ja, denn es gibt noch einen zweiten Punkt zu berücksichtigen: Sie finanziert sich mit der Arbeit einen Teil ihres Studiums selber. Wenn sie das nicht mehr tut, muss ihr Vater, also dein Bruder, mehr bezahlen. Statt Arbeit für das Studium könnte sie die Füße hochlegen. Das wäre doch kein erzieherischer Ansatz, oder?"

Albert dachte nach. Petra hatte langsam zu heulen aufgehört, und während sie nur noch hin und wieder schniefte, schmiegte sie ihren Kopf beinahe schutzsuchend an die Seite des alten Karl. Sie schien zu spüren, dass dieser Mann eine Lösung hatte, und vertraute ihm voll und ganz.

Endlich hatte Albert sein Denken beendet. Die Argumente seines alten Freundes leuchteten ihm ein, aber er wusste partout nicht, wie er diese vertrackte Situation nun lösen sollte.

„Fest steht, dass das Luder bestraft werden muss. Wenn ich sie aber nicht feuern und auch nicht bei der Polizei anzeigen soll, bleibt doch nichts mehr übrig. Oder hast du eine Lösung, Herr Besserwisser?"

Karl ignorierte die Spitze seines Freundes. Tatsächlich hatte er einen Vorschlag, den er jetzt laut aussprach: „Du hast es doch vorhin schon selber gesagt: Du würdest ihr am liebsten ausgiebig den Arsch voll hauen. Petra würde diese Strafe bestimmt akzeptieren, nicht wahr?"

Fragend schaute er Petra an, die seinen Blick konsterniert erwiderte.

„Oder?", hakte Karl nach.

Petra atmete tief ein. Dann, nach einer langen Phase begann sie kaum merklich zu nicken.

„Na also", fuhr Karl fort, „das hätten wir. Als volljährige Person kann sie sich einer solchen Strafe unterwerfen und du, mein lieber Albert, kannst sie vollstrecken, wodurch du deine Genugtuung bekommst. Außerdem wird Petra weiterhin bei dir als Kellnerin arbeiten, allerdings ohne krumme Dinger zu drehen, und damit Geld für ihr Studium verdienen. Dann hat sie ihre Strafe bekommen, arbeitet für ihr Studium und hat sicher etwas gelernt. Damit können dann alle zufrieden sein."

„Bis auf die geprellten Gäste", brummte Albert.

„Die nicht mal wissen, dass sie geprellt worden sind. Wenn sich jemand beschwert, gibst du ihm ein oder zwei Getränke aus und bezahlst die von Petras Trinkgeldern. Du hast doch nichts gegen diese Regelung?", wandte er sich fragend an Petra.

„N-nein, alles ist...gut, nur bitte keine Polizei!"

„Albert?"

„Ja, du hast ja Recht, man muss den Schaden nicht noch größer machen als er schon ist." Nach einer kurzen Pause fragte er: „Und nun? Wie soll es jetzt weitergehen?"

„Ganz einfach", entgegnete Karl, „Petra wird sich jetzt aus ihrem Sessel erheben, ein mündliches Geständnis ablegen und danach von dir den Hintern versohlt bekommen. Heute Abend wird sie dann frei haben, um sich von der Tracht Prügel zu erholen, und ab morgen wird sie wieder im Lokal bedienen und alles ist gut."

Als sich niemand rührte, stieß Karl mit dem Ellenbogen Petra an. Diese verspürte plötzlich einen gewaltigen Kloß im Hals, aber mit zittrigen Beinen erhob sie sich aus ihrem Sessel. Sie war so nervös und aufgeregt, dass sie kaum stehen konnte. Karl bemerkte das, und mit sanftem Druck auf ihre Schultern drückte er sie auf die Knie. Tatsächlich hatte sie jetzt einen besseren Halt und während wieder heiße Tränen über ihr Gesicht liefen, gestand sie immer heftiger schluchzend ihre Abzockerei. Am Ende hob sie in ehrlicher Absicht die gefalteten Hände zu ihrem Onkel, schaute ihm tränenüberströmt in die Augen und bettelte: „Bitte, Onkel, bitte, bitte, verzeih mir! Ich…ich weiß nicht, was in mich gefahren ist, aber es wird nie, nie wieder vorkommen. Schlag mich grün und blau, verpass mir die schlimmste Tracht Prügel meines Lebens, aber sei mir danach bitte, bitte nicht mehr böse!" Danach vergrub sie das Gesicht in ihren Händen und heulte wieder hemmungslos drauflos. Es war ihr egal, dass sie vor ihrem Onkel und dessen Freund ein erbärmliches Bild abgab, aber sie hatte es sich selber zuzuschreiben und war wirklich bereit, für ihre Vergehen aufrichtig zu büßen.

Nun war es an Albert, tief durchzuatmen. Dann räusperte er sich: „Na gut, du scheinst ja wirklich echte Reue zu zeigen. Aber das hätte mir nicht gereicht! Bedank dich bei Karl, denn seine Argumente leuchten mir ein." Nach einer Pause fügte er hinzu: „Ja, ich werde dich durchprügeln, ich werde dir die schlimmste Wucht deines Lebens verabreichen, darauf kannst du dich verlassen! Aber anschließend werde ich dich genau-

estens im Auge behalten, und bei der kleinsten Unregelmä-
ßigkeit werde ich dich wieder hart züchtigen, verstanden?"

„Petra nickte so heftig, dass ihre blonde Mähne nur so durch
die Luft wirbelte: „Ja, einverstanden, bestraf mich, wann und
wie du willst, aber bitte, bitte keine Polizei!"

„Gut, dann sind wir uns ja einig. Steh jetzt auf und zieh deinen
Rock aus. Dann beugst du dich über den Tisch, und während
Karl dich festhält werde ich den Gürtel auf dir tanzen lassen."

Bei der Erwähnung von Karl zuckte Petra zusammen. Erst
jetzt schien ihr bewusst zu werden, dass ein für sie Fremder
anwesend und Zeuge ihrer Schande war. Sie wollte schon
protestieren, als ihr im letzten Moment einfiel, dass es genau
dieser Fremde war, der ihre berufliche Zukunft gerettet hatte.
Zwischen Scham und Dankbarkeit hin und her gerissen, be-
wertete sie schließlich die Dankbarkeit höher. Außerdem hatte
er jetzt schon so viel gehört und sie so intensiv heulen sehen,
dass er auch den Rest erleben konnte.

Langsam erhob sie sich aus ihrer knienden Position und öffnete den Verschluss des kurzen Lederrocks. Als er fiel, gab er
den Blick auf ein knappes rotes Höschen frei, das fast nur aus
Spitze in Form von Blütenknospen bestand. Als Petra den
entsetzen Blick ihres Onkels bemerkte, bedauerte sie sofort,
keinen schlichten Slip angezogen zu haben. Aber mit der Ent-
wicklung des Gesprächs hatte sie nun mal nicht gerechnet.

Schon jappte ein wieder wütender Albert: „Das...das ist ja
Nuttenwäsche! Du versautes Ding trägst Nuttenwäsche! Das
hätte ich mir ja denken können, so schamlos wie du mit den

Kunden herumgemacht hast! Bist du auch mit ihnen ins Bett gegangen?"

Petra schaute ängstlich zu Boden: „Das... das ist modern, das tragen alle an der Uni!

„Waaas?"

„Ich... ich mache doch auch Sport an der Uni, und wenn ich in der Umkleide was anderes trage, lachen mich die Kommilitoninnen aus. Und mit den Gästen", jetzt funkelte sie ihren Onkel zornig an, „habe ich geflirtet, ja, aber ich bin nicht mit ihnen ins Bett gegangen! Ich habe generell noch nie mit einem Mann geschlafen, sonst wäre ich ja wohl kaum noch Jungfrau!"

Als sie Alberts unsicheren und Karls erstaunten Blick bemerkte, dämmerte ihr, welches Geheimnis sie gerade verraten hatte. Sofort überzog Schamesröte ihr Gesicht, und sie versuchte sich zu rechtfertigen: „Ich... ich habe doch immer nur gelernt, da wäre eine Beziehung doch blöd gewesen. Und nun... traue ich mich nicht, weil ich doch keine Erfahrung im Bett habe. Ja, im Flirten bin ich vielleicht gut, aber im Bett total unerfahren... Die anderen hatten alle schon wer weiß wie viele Beziehungen, und wenn ich mit einem schlafen würde, kann ich nur als Niete gelten." Wieder rollten Tränen der Verzweiflung über ihr Gesicht.

„Tut mir leid", murmelte Albert, „das wusste ich nicht." Dann riss er sich wieder zusammen: „Aber jetzt geht es um deine Bestrafung als Betrügerin. Machen wir endlich Nägel mit Köpfen! Eigentlich wollte ich dir wegen Karl dein Schamgefühl schützen und dir nur den Schlüpfer strammziehen, aber wenn du sowieso Nuttenwäsche trägst und dich in irgendwelchen Umkleidekabinen vor anderen schamlosen Weibern zeigst, macht es dir sicher nichts aus, nackt durchgeprügelt zu werden. Also zieh dich einfach ganz aus und mach, dass du endlich über dem Tisch liegst!"

Bei diesen Worten zog er den schmalen Ledergürtel aus seiner Hose.

Petra stand für einen Moment ganz starr da, aber dann legte sie gehorsam T-Shirt und roten Spitzenbüstenhalter ab. Zum Schluss zog sie den Slip aus, und weil sie wegen der Hitze keine Strümpfe trug, war sie nur noch mit ihren hochhackigen Schuhen bekleidet. Auf einen Wink von Albert hin entledigte sie sich auch dieser. Hoch aufgereckt stand sie für einen Moment splitternackt vor den beiden Männern und war sich bewusst, dass sie ihre Vorderseite preisgab. Gerade wegen Karl, dessen Blick zwischen ihren prallen und wohlgeformten Brüsten und der rasierten Muschi hin und her wanderte, schämte sie sich. Aber dann schalt sie sich innerlich einen Narren, denn sie hatte mit ihrem Fehlverhalten diese Situation selber heraufbeschworen, und vor diesem Mann, der ihre beruflichen Zukunftschancen gerettet hatte, nun beinahe kindliche Scham zu empfinden, erschien ihr unangebracht. Es war ihre Schuld, nun bestraft zu werden, und seine Anwesenheit war Teil dieser Strafe. Und irgendwie, musste sie sich innerlich eingestehen, war es irgendwie erregend, vor einem Fremden nackt zu sein und in Kürze geschlagen zu werden. Also drehte sie sich kurz entschlossen um, beugte sich so weit über den Tisch, dass sie fast schon darauf lag, und bat Karl: „Würden sie mich bitte festhalten, wie mein Onkel es will? Bitte, bitte!"

Karl warf Albert einen fragenden Blick zu, und als dieser nickte, setzte sich Karl auf das Sofa, ergriff Petras Arme und packte sie in einem unerwartet eisernen Griff. Dass sich Petras Kopf beinahe unanständig nah an seinem Schritt befand, war niemandem klar, weil jeder auf etwas konzentriert war: Karl auf das Festhalten von Petra, um ein Aufspringen zu verhindern; Petra, die sich innerliche auf die härteste Tracht Prügel ihres Lebens vorbereitete; Albert, der in Gedanken Maß nahm, um seiner diebischen Nichte jegliche kriminelle Energie ein für allemal auszutreiben.

Für einen Moment herrschte angespannte Ruhe im Raum. Dann durchbrach ein heftiges Sausen die Ruhe, und im nächsten Augenblick traf der Ledergürtel Petras Rücken – ihre Auspeitschung hatte begonnen. Obwohl sie ahnte, wie schmerzhaft der Gürtel sein würde, und trotz ihrer innigen Konzentration konnte sie ein Stöhnen nicht verhindern, zu schmerzhaft war der Hieb. Es dauerte ein oder zwei Sekunden, bis sie sich wieder im Griff hatte, aber dann folgte der zweite Hieb. Diesmal bäumte sie sich leicht auf, aber Karl hielt sie in seinem eisernen Griff in Position. Auf ihrem von einer leichten Sonnenbräune überzogener Rücken zeichneten sich die Spuren des Gürtels ab und ein leichter rötlicher Ton überlagerte die Bräune. Obwohl Albert auf die Bestrafung seiner diebischen Nichte konzentriert war, entging ihm nicht, dass die Bräune des Rückens von keinem weißen Streifen durchbrochen war. ‚Das Gör hat sich oben ohne gesonnt', durchfuhr es ihn. Nun war er kein Moralapostel, aber ein solches Verhalten galt ihm als schamlos.

Nach einem kurzen Augenblick hatte er sich und seine Empörung über die neue Erkenntnis wieder so weit im Griff, dass er sich auf die weitere Bestrafung seiner Nichte wegen der Abzockerei konzentrieren konnte. Es folgte in der nächsten Stunde Hieb auf Hieb, und nach jedem Schlag gab Albert seiner Nichte genug Zeit zur Erholung, so dass sie den Schmerz eines jeden neuen Schlages restlos auskosten musste. Trotzdem wurde aus Petras anfangs unterdrücktem Stöhnen im Laufe der Zeit ein lautes Jammern, und schließlich wurden es Schmerzensschreie, die mit zunehmender Dauer der Züchtigung an Lautstärke zunahmen. Petra wand sich unter der Hitze und den Schmerzen der Hiebe, aber das hatte auch noch ungeahnte Folgen: Durch ihre liegende Position auf dem Tisch wurden ihre nackten Brüste auf die Tischplatte gepresst und durch ihr Winden unter dem Gürtel rieben ihre rosigen Brustwarzen über das glatt polierte Holz des Tisches. Durch die Reibung wurden ihre Knospen steinhart und lösten in ihrem Gehirn Gefühle der Lust aus. Ohne es zu wollen wurde ihr Körper neben den Hitze- und Schmerzwellen plötzlich auch von Lustgefühlen durchflutet. Petra nahm es nicht wirklich wahr, aber zwischen ihren Beinen blitzte plötzlich ein verräterischer kleiner Tropfen. In ihre Schmerzlaute mischte sich immer mehr ein anderer, lustvollerer Unterton. Karl schien die Veränderung der Tonlage wahrzunehmen, aber er schwieg.

Albert bekam von alldem nichts mit. Er war zu sehr damit beschäftigt, die Hiebe schmerzhaft, aber gesundheitlich unbedenklich zu platzieren. Er arbeitete sich langsam mit dem Gürtel den Rücken hinunter. Petras Geschrei ging schließlich in Heulen unter, aber weder ihre Tränen noch ihr Gejaule stimmte ihn milde, zu sehr hatte sie ihn enttäuscht.

Als Albert den Rücken von Petra ausgiebig gepeitscht hatte, wandte er seine Aufmerksamkeit ihrem wohlgeformten Gesäß zu. ,Immerhin', stellte er in Gedanken beruhigt fest, ,ist ihr Hintern schneeweiß und nicht braun, also hat sie beim Sonnenbaden zumindest ein Höschen angehabt. Hat das Gör also wenigstens etwas Schamgefühl.' Der Ausflug seiner Gedanken dauerte jedoch nur einen Moment, und für die Schönheit der wohlgeformten Globen hatte er keinen Blick. Stattdessen nahm er Maß und platzierte den ersten Schlag auf dem weißen Gesäß. Sofort rötete sich die getroffene Stelle und hob sich von ihrer Umgebung ab. Wieder und wieder knallte der Gürtel auf Petras Hinterteil herab und leistete ganze Arbeit: Schon bald leuchtete ihre komplette Sitzfläche in einem wunderbaren Rot, nicht eine weiße Stelle war mehr zu erkennen.

Petra schrie, schluchzte und heulte, während sich ihr Oberkörper weiter auf der Tischplatte wand und ihr Hinterteil einen wahren Veitstanz aufführte. Ihre Beine flogen nach jedem neuen Hieb in die Höhe und Karl hatte einige Mühe, sie halbwegs in Position zu halten. Seine Hose war durch die Nähe ihres Gesichts vom stetigen Fluss ihrer Tränen durchnässt, aber noch war Albert mit der Bestrafung seiner Nichte nicht fertig.

Als Petras Gesäß vollständig in Klatschrot leuchtete, widmete sich Albert voller Hingabe ihren Schenkeln. Der Ledergürtel traf ihre nackte Haut und wand sich um die Beine. Die Schenkel waren empfindlicher als Rücken und Gesäß, und so schwoll das Geheul der Gezüchtigten jetzt stark an. Aber trotz aller Schmerzen wagte es Petra nicht, um Gnade zu bitten oder ihren Onkel anzuflehen aufzuhören. Ihr war bewusst, dass sie diese Strafe verdient hatte, ja, sie hatte sogar um die schlimmste Tracht Prügel ihres Lebens gebettelt, wenn danach alles wieder gut sein würde. Also musste sie da jetzt durch, und das wollte sie auch! Zudem schien ihr Unterbewusstsein die Lustgefühle registriert zu haben und wehrte sich ebenfalls verbissen gegen ein Ende der Bestrafung. Also biss sie die Zähne zusammen, so gut es ging, und wenn die Schmerzen zu groß wurden, schrie und heulte sie ihren Schmerz einfach hinaus. Es war ihr egal, was ihr Onkel oder Karl von ihr dachten. Sie fühlte, wie mit jedem Hieb die Last ihrer Straftat nachließ und einem ungeahnten Lustgefühl wich, und so bettelte sie nicht einmal um Gnade.

Als ihre Rückseite vom Rücken bis zu den Schenkeln rot leuchtete und überall die Spuren des Gürtels deutlich zu sehen waren, hörte Albert auf. Es dauerte eine ganze Weile, bis Petra das Ausbleiben weiterer Schläge bemerkte. Noch länger dauerte es, bis sie sich soweit beruhigt hatte, dass Karl sie loslassen konnte. Erschöpft, verstriemt und verheult lag Petra noch eine Weile auf dem Wohnzimmertisch und wagte nicht, sich zu bewegen.

Dann vernahm sie Alberts Stimme: „Das war die erste Runde. Du wirst jetzt dort drüben in der Ecke knien, bis ich dich für die zweite Runde hole. Dann wird der Rohrstock deine Bestrafung fortsetzen und dir den Hintern und die Schenkel aushauen. Am liebsten würde ich dir auch Schläge auf die Hände verpassen, aber dann hättest du Schwierigkeiten beim Bedienen, und das geht nicht. Eigentlich schade."

„Gib ihr doch stattdessen ein paar Ohrfeigen, die schaden nicht", schlug Karl vor.

„Gute Idee!" An Petra gewandt herrschte er: „Marsch, in die Ecke! Nachher setzt es Ohrfeigen, und danach gibt es für dich eine ordentliche Ladung Stockschläge!"

Petra erhob sich aus ihrer Strafposition und machte sich auf den Weg in die angezeigte Ecke. Da ihre Beine nach der erhaltenen Tracht Prügel weich wie Pudding waren, ging sie nach ein paar Schritten auf die Knie und kroch auf allen Vieren den kurzen Weg in die Ecke. Ihr war klar, dass nun insbesondere Karl ungehindert ihre nackte Muschi sehen und tiefe Einblicke erlangen konnte, aber es war ihr egal. Ohne seinen festen Griff hätte sie die erste Strafrunde nicht überstanden und wäre aufgesprungen, vielleicht sogar weggerannt, aber dann hätte ihr Onkel die Polizei gerufen und sie angezeigt. Er war ein grundehrlicher Mann, und sie hatte sein Vertrauen schändlich missbraucht. Zu den Schmerzen kam jetzt die

Reue über ihr Verhalten gegenüber ihrem Onkel, und das schmerzte sie mehr als die erhaltenen Schläge.

Während sich Albert und Karl in den bequemen Sesseln niederließen und über die Verdorbenheit der Jugend sinnierten, kniete Petra schniefend in der zugewiesenen Ecke. Trotz der Schmerzen und der Aussicht, gleich den Stock zu bekommen, hätte sie sich jetzt zu gerne berührt, denn ihre Brustwarzen hatten sich steif aus ihren Höfen erhoben und fühlten sich steinhart an, während es in ihrer Lustgrotte zu kochen schien. Für Petra waren das ungeahnte Gefühle, aber sie wagte nicht, an sich herumzuspielen. Um nicht doch noch in Versuchung zu geraten, verschränkte sie die Hände hinter ihrem Kopf, was ihr ein anerkennendes Nicken von Albert einbrachte, was sie jedoch nicht sehen konnte.

Wie lange sie in der beschämenden Position ausharren musste, wusste sie nicht. irgendwann rief Albert sie wieder zu sich.

„Auf die Knie, du Gör, und dann wird dir mein Freund Karl als Geschädigter deine Wangen rot klatschen."

Petra kannte Ohrfeigen von zu Hause zur Genüge, als Kind und vor allem als pubertierende Jugendliche hatte sie oft genug welche empfangen, dazu Schläge mit Gürtel und Kochlöffel. Deshalb hatte sie keine Angst vor ein paar Backpfeifen, und so ging sie rasch auf die Knie und nahm die Hände auf den Rücken.

Als Karl vor sie trat, schaute sie ihn an, aber weniger, um ihn mit ihren rot geheulten Augen und verwuscheltem Haar milde zu stimmen, als vielmehr, um ihm ihr Gesicht für die Schläge bestmöglich anzubieten. Karl schien unsicher zu sein und zögerte. Petra merkte das und ergriff die Initiative: „Bitte, Herr Karl, ohrfeigen sie mich so oft sie wollen, ich habe es mehr als verdient! Bitte, bitte, schlagen sie mich!"

Falls Karl auf ein Betteln um Gnade gehofft hatte, um sie tatsächlich zu begnadigen, wurde er durch Petras Worte enttäuscht. Nun gab es kein Zurück mehr, denn sie wollte ganz offensichtlich geohrfeigt werden. Und diesen Wunsch erfüllte er ihr nun.

PATSCH! PATSCH!

Links und rechts wurden Petras Wangen getroffen, Nach jeder Ohrfeige beeilte sie sich, ihren Kopf wieder geradeaus zu richten, damit immer beide Wangen angeboten wurden. Karl versetzte ihr immer abwechselnd die Backpfeifen, aber manchmal gab es auch zwei hintereinander auf die gleiche Wange.

PATSCH!

Wieder hatte eine gesessen, aber schon hatte Petra den Kopf wieder in Position gebracht.

PATSCH! PATSCH! PATSCH!

Eine Flut von Ohrfeigen ging jetzt auf sie nieder. Karl ließ ihr Zeit, jede Maulschelle zu verarbeiten, bevor er ihr die nächste verabreichte. Dadurch zog sich dieser Teil ihrer Bestrafung hin, aber irgendwann hatte sie in seinen Augen genug.

Karl signalisierte Albert das Ende der Backpfeifenstrafe.

Albert nickte und bedeutete Petra, sich wieder in die Ecke zu begeben. Diesmal musste sie allerdings stehen und durfte nicht auf den Knien liegen.

Während Karl etwas unschlüssig im Raum und Petra wieder mit hinter dem Kopf verschränkten Händen in der ihr inzwischen allzu bekannten Ecke stand, verließ Albert den Raum. Er war aber schnell wieder zurück und hielt einen dünnen Rohrstock in der Hand.

„Los, du Diebin, über den Sessel gebeugt, aber dalli!"

Sofort eilte Petra herbei und nahm die befohlene Position ein. Während Karl vor den Sessel trat und Petras Arme ergriff, um sie wie schon eben festzuhalten und vor einem Aufspringen zu bewahren, nahm Albert seitlich von ihr Aufstellung. Zur Probe ließ er den Rohrstock zweimal durch die Luft pfeifen, was bei Petra jedes Mal ein angstvolles Zucken auslöste. Zwar kannte sie den Rohrstock ebenfalls von zu Hause, wo er in ihrer Jugend bei besonders schweren Vergehen zum Einsatz kam, aber deshalb wusste sie auch um seine Wirkung.

Als der erste Hieb traf und eine Strieme in den ohnehin schon roten und vom Gürtel gezeichneten Po stanzte, schrie sie sofort auf. Nur mühsam behielt sie ihre Position bei, aber schon beim zweiten Hieb wackelte ihr Gesäß unanständig herum und ihre Beine hoben und senkten sich abwechselnd. Mit zunehmender Anzahl von Schlägen wurden ihre Bewegungen heftiger, ihr Schreien lauter und ihr Tränenfluss schwoll zu einer wahren Flut an.

Aber es half nichts. Sie hatte um die schlimmste Tracht Prügel ihres Lebens gebeten, und ihr Onkel war willens, ihr diesen Wunsch zu erfüllen. Er tat es mit großer Präzision, und am Ende war nicht nur Petras Gesäß dicht an dicht mit Striemen übersät, sondern auch die Rückseite ihrer Schenkel wiesen die einschlägigen Spuren auf. Die nächsten zwei Wochen würde sie keinen Minirock tragen können, das stand fest.

Nachdem der Stock auf ihrer Kehrseite ausgiebig getanzt hatte, musste sich Petra hinstellen. Jetzt tanzte der Stock auch auf der Vorderseite ihrer Schenkel! Petra schrie und strampelte, so dass Karl alle Mühe hatte, sie festzuhalten.

Nachdem Petra rund ein Dutzend Hiebe auf die Vorderseite ihrer Schenkel bezogen hatte, spürte Karl, dass Petra am Ende ihrer Kräfte war. Sie würde nicht mehr lange durchhalten.

„Lass gut sein, sie ist fertig!", mahnte Karl.

Albert sah seinen Freund kurz an und merkte an dessen Gesichtsausdruck, dass es ihm ernst war. Sofort legte er den Rohrstock beiseite.

„Nun denn", begann er, „von meiner Seite hast du jetzt genug gebüßt."

Durch einen Tränenschleier sah ihn Petra dankbar an.

„Damit ist die Sache für Karl und mich erledigt."

„Danke!", hauchte Petra inbrünstig.

„Zieh deinen Schlüpfer an und knie dich eine Weile in die Ecke, bis du dich wieder erholt hast. Du kannst herauskommen, wann du willst."

Nach einigem Suchen fand Petra ihr rotes Höschen und zog es an. Das helle Rot des Slips war ein seltsamer Kontrast zu ihren geprügelten Schenkeln und dem Teil der Pobacken, die nicht von dem Stoff bedeckt wurden.

Sie begab sich wieder in die Ecke und sank auf die Knie. Die Hitze auf ihrem Gesäß und ihren Schenkeln war grenzenlos, während der enorme Schmerz ganz langsam nach und nach abklang. Dafür wurde das Lustgefühl zwischen ihren Beinen immer größer, und es dauerte nicht lange, bis ihr Höschen zwischen den Beinen von Lustsaft getränkt war. Ein großer dunkler Fleck auf dem dünnen Stoff zeugte von der Achterbahn ihrer Gefühle.

Albert und Karl hatten wieder in den Sesseln Platz genommen und plauderten angestrengt unbefangen miteinander, während sie sich mit einem kühlen Getränk labten. Als Karl irgendwann aufbrechen wollte, erhob sich Petra aus der Ecke und bedankte sich artig bei Karl für seine Unterstützung: „Ohne deine Hilfe hätte ich das nicht durchgestanden!" Ihre Augen blickten ihn dabei dankbar und beinahe zärtlich an.

Karls Blick wanderte an der hübschen und nur mit einem knappen Slip bekleideten Blondine auf und ab. Dabei entging ihm nicht der feuchte Fleck in ihrem Schritt.

„Ich stehe jederzeit gerne zur Verfügung!", lächelte er, „Soll ich dich mitnehmen und bei deiner Wohnung absetzen? Oder willst du lieber die Straßenbahn nehmen?"

„Nein, das sollte ich besser nicht machen, denn dann würden ja alle meine verstriemten Schenkel sehen", erwiderte Petra, die sich daran erinnerte, in einem Minirock hergekommen zu sein, leicht verlegen.

„Na, dann komm, ich fahr dich rum."

Rasch zog sich Petra an, und tatsächlich waren unter ihrem Ledermini die Spuren der Züchtigung deutlich zu sehen. Die beiden verabschiedeten sich von Albert, und Karl fuhr Petra nach Hause. Bevor sie aussteigen konnte, meinte er: „Die Schläge haben dich geil gemacht, oder?"

Petra wurde rot. Nach einem Moment des Überlegens gestand sie: „Ja, das haben sie." Sie wurde nachdenklich. „Vielleicht habe ich mich schon immer danach gesehnt, versohlt und dann genommen zu werden, vielleicht ist das der Grund, weshalb ich nie eine Beziehung mit einem Jungen oder einem Mann in meinem Alter hatte."

„Na ja, wenn du mal wieder eine Tracht Prügel beziehen möchtest, brauchst du nichts mehr anzustellen. Ruf mich einfach an." Bei diesen Worten reichte ihr Karl seine Visitenkarte.

Petra warf einen langen Blick darauf.

„Ich habe gerade die schlimmste Tracht Prügel meines Lebens bekommen. Wäre das nicht eine gute Gelegenheit um festzustellen, wie ich nach einer Wucht im Bett bin?"

Als Karl nicht reagierte, sah sie ihm ins Gesicht und fragte unverblümt „Würdest du mich entjungfern? Jetzt gleich, in meinem Bett?"

Karl dachte kurz nach. „Das ist ein sehr unmoralisches Angebot, junges Fräulein!"

„Ich weiß, deshalb solltest du mich danach auch übers Knie legen." Nach einer kurzen Pause fügte sie hinzu: „Aber wegen der Wucht von eben dann bitte nur mit der Hand!"

„Einverstanden. Und ab sofort werde ich dich regelmäßig züchtigen, damit du endlich anständig wirst! Stehlen, nuttige Unterwäsche tragen, unmoralische Angebote machen – du bist ein ganz schönes Früchtchen, da werde ich alle Hände voll zu tun haben. Aber jetzt werde ich aus dir frigiden Schlampe nicht nur eine Frau, sondern eine Könnerin im Bett machen. Also beweg deinen verstriemten Arsch, damit dein Tag einen weiteren Höhepunkt erleben kann."

Sekunden später fiel hinter den beiden die Wohnungstür ins Schloss und Petra erlebte nach dem Tiefpunkt wegen ihrer Gier und der Erkenntnis über die Freuden der körperlichen Züchtigung einen weiteren Höhepunkt in ihrem Leben.